PASSEIO COM O GIGANTE

MICHEL LAUB

Passeio com o gigante

Copyright © 2024 by Michel Laub

Grafia atualizada segundo o Acordo Ortográfico da Língua Portuguesa de 1990, que entrou em vigor no Brasil em 2009.

Capa
Raul Loureiro

Imagem de capa
Camomila, de Adriel Visoto, 2023. Óleo sobre linho, 12 × 15 cm. Coleção particular.

Preparação
Márcia Copola

Revisão
Huendel Viana
Camila Saraiva

Os personagens e as situações desta obra são reais apenas no universo da ficção; não se referem a pessoas e fatos concretos, e não emitem opinião sobre eles.

Dados Internacionais de Catalogação na Publicação (CIP)
(Câmara Brasileira do Livro, SP, Brasil)

Laub, Michel
    Passeio com o gigante / Michel Laub. — 1ª ed. — São Paulo : Companhia das Letras, 2024.

    ISBN 978-85-359-3696-4

    1. Ficção brasileira I. Título.

23-186490   CDD-B869.3

Índice para catálogo sistemático:
1. Ficção : Literatura brasileira   B869.3

Cibele Maria Dias – Bibliotecária – CRB-8/9427

Todos os direitos desta edição reservados à
EDITORA SCHWARCZ S.A.
Rua Bandeira Paulista, 702, cj. 32
04532-002 — São Paulo — SP
Telefone: (11) 3707-3500
www.companhiadasletras.com.br
www.blogdacompanhia.com.br
facebook.com/companhiadasletras
instagram.com/companhiadasletras
twitter.com/cialetras

PASSEIO COM O GIGANTE

1.

O futuro de uma ideia. "Caros colegas, colaboradores e amigos." Por exemplo, você de gravata. "Eu vou começar falando de um nome." Você em cima do palco. Um púlpito, um microfone à sua frente. "Na verdade, é mais que um nome. Vocês sabem quem foi o grande herói do Velho Uri?" Luz branca em cima de você. O auditório cheio. O seu discurso sobre o Velho Uri, a Alemanha, a Nova York de cem anos atrás.

2.

Na Nova York de cem anos atrás havia um boxeador, Benny Leonard. Houve outros boxeadores por lá, e nenhum como aque-

le sujeito de gumex no pôster. O que um homem representa ao subir num ringue: você gostava de falar do cabelo de Benny Leonard, do calção que ele vestiu quando ganhou o título dos pesos leves. Um campeão como ele nos Estados Unidos, anos vinte do século vinte, nessa época em Harvard… Sim, você usava esse truque nos discursos: manter a atenção da plateia com um detalhe esquecido no tempo.
"Caros colegas, colaboradores e amigos."
A raça dos aleijados.
"Eu vou começar falando de um herói."
Uma raça com o corpo defeituoso, eram esses os termos que usavam em Harvard.
"Um herói entra na nossa vida de muitos jeitos, e no caso do Velho Uri…"
Você gostava de começar assim. As plateias gostavam desses começos. Então não havia como ser diferente aquela noite: tudo no auditório era tão familiar, os sobrenomes, o tipo físico dos presentes. Você tem toda a razão quanto a isso: a história se repete como no mecanismo de um trauma.

3.

"Caros colegas, colaboradores e amigos. Obrigado pela presença. Alguns me conhecem, outros estão me ouvindo pela primeira vez. Alguns têm a minha idade, outros eu vejo que são jovens, prazer, eu sou Davi Rieseman. Esta noite é tão importante para mim quanto fazer parte deste projeto, desta família."
Sim: o mecanismo de um trauma.
"Ter sido aceito por essa família é uma honra que carrego sempre comigo. Por isso eu queria começar falando uma coisa sobre o meu sogro. O herói do meu sogro era um boxeador de

Nova York, Benny Leonard, muitos aqui sabem, mas não custa repetir porque em viagens de classe executiva…"
É o que um psiquiatra diria.
"Quem viaja para Nova York hoje, vocês que ficam em hotel cinco estrelas, imaginem a cidade antes disso. Cada bairro da cidade, o Lower East Side mesmo, a história pode ser uma grande ideia que vai e volta como… Os psiquiatras gostam de falar disso. Um psiquiatra vai fazer a relação entre isso e um trauma. Um enredo que sempre volta ao mesmo lugar, à mesma data.
"O Velho Uri gostava de datas. Eu convivi com o meu sogro por muitos anos, quantas vezes não ouvi a mesma coisa da boca dele, então quando falo em trauma eu queria que vocês imaginassem o mesmo ponto no enredo. Trinta de janeiro de mil novecentos e trinta e três. Muita gente acha que esse é o início, deve ser o caso de vocês, e seria o meu caso também se eu não tivesse conhecido o Velho Uri tão de perto."

4.

"O Velho Uri passou a vida dizendo que a posse de Hitler como chanceler não foi o início de nada. Ela pode ter sido para a Alemanha ou o resto do mundo, mas não para nós. Em trinta e três a Europa estava começando a se distrair com diplomacia, contando os soldados e tanques de cada lado, enquanto na verdade, vocês sabem."
Um copo d'água em cima do púlpito.
"Claro, vocês viram isso no colégio. Eu estudei com alguns de vocês, na mesma classe."
Pegar o copo. Tomar um gole.
"Os livros falam das ideias da época, mas sempre do ponto de vista alemão. Há muitas páginas sobre nacionalismo e impe-

rialismo, sobre a Prússia e as óperas do Wagner, agora invertam o ponto de vista, a prática em Berlim ou Munique nos anos trinta. Isso era uma coisa para um cidadão saudável de lá, e outra para quem não era visto como saudável."
Quantos goles em quantos copos, da noite do discurso até hoje?
"No dia em que os nazistas chegam ao poder, já existem milhares de pessoas assim. Isso é que importava para o Velho Uri. Na escola a gente aprende que os campos de extermínio nascem das clínicas de eutanásia. E as clínicas de eutanásia nascem de uma ideia. De fato, é só olhar como tudo começou a ser feito, o que está nos panfletos do partido, o que depois virou artigo de lei."

5.

"Na escola a gente aprende que a lei nazista primeiro definiu os inaptos. Depois transformou os inaptos em doentes, e internou os doentes em clínicas longe dos grandes centros. Porque uma coisa é ver um cartaz na rua, ali tem um aviso sobre os perigos de um vírus ou bactéria, males que afetam o corpo que está desenhado no cartaz. Uma coisa é nunca estar na frente de um corpo desses, ser só um alemão que vai à padaria, e pega o bonde, e gosta de sentar na praça e dar comida aos pombos.

"Uma coisa é botar as clínicas longe dos olhos, depois os campos de extermínio mais longe ainda, no fim de uma linha de trem ou vilarejo na Croácia ou na Cracóvia, mas será que as coisas chegaram aí por acidente? Por qual motivo é fácil transformar tudo numa lógica abstrata de ciência, de saúde, algo que poderia estar nos livros de Darwin ou Pasteur, a evolução que nunca olha para trás?"

6.

"Essa era a pergunta que o meu sogro fazia. É um caminho longo para se chamar uma bactéria de bactéria, uma espécie extinta de espécie extinta. Hitler assume o poder em trinta e três, e tem quase uma década pela frente para trabalhar as coisas. A década se soma ao que veio antes, peguem os anos vinte inteiros, os cafés na República de Weimar e os carrinhos de supermercado cheios de dinheiro sem valor.

"Peguem Darwin e Pasteur em Berlim e Munique, enquanto no outro lado do oceano... Como se fossem dois laboratórios, a Alemanha e os Estados Unidos. Só para vocês compararem, nessa época o reitor de Harvard dizia que os judeus eram uma raça inferior em termos físicos. Uma raça de aleijados, era a expressão que se usava. Doentes nas clínicas e na universidade. Gente que precisa ser posta para fora das aulas, das quadras de esporte.

"Gente longe da vista, esse é o primeiro passo. Mas aí é que está, meus amigos, olhem o que cada lugar fez desse começo. Peguem um judeu americano dos anos vinte, não tem tanta diferença entre viver lá e num gueto da Europa. Um quarto dos presidiários de Nova York eram judeus. Metade das prostitutas eram judias. Uma família do Lower East Side da época, do que ela trata na mesa de jantar? Um prato de sopa rala, e eles vão discutir a faculdade dos filhos? Algum futuro advogado ou médico nesses jantares, um candidato a Harvard? O que acontece quando esses filhos caminham na vizinhança escura, cruzando cada esquina onde eles não sabem o que vão encontrar? Cada beco do Lower East Side. Cada história de pogrom e fuga em massa, o horror na diáspora de dois mil anos, e quando se imagina o que pode acontecer de novo no século vinte como é que a gente lida com isso?"

7.

Sim, como lidar? Bom mote para começar um discurso, Davi: o enredo que se repete, esse é o futuro das ideias. O problema é viver nesse futuro: você reconhece o lugar onde estamos, não? Olhe ao redor, infelizmente nós tivemos que trazer você aqui.

8.

Infelizmente você terá que lembrar: o salão de entrada de um hospital. No fim do salão há as catracas, os elevadores. Você entrará num elevador conosco, e visitará alguns quartos, algumas alas do hospital, enquanto precisa responder às nossas perguntas. As respostas serão confrontadas com o que você disse na noite do discurso: suas palavras tantos anos atrás, o líder diante dos amigos na plateia.

9.

"Vocês já ouviram falar de judaísmo musculoso? É uma ideia do século dezenove, meus amigos, que nasce na Europa e chega aos Estados Unidos nos anos vinte do século vinte. O autor era um jornalista e médico, Max Nordau, e no início tudo parece só um argumento médico. Max Nordau falava de uma doença do gueto, uma angústia judaica do gueto que é a herança de dois mil anos de diáspora. Quem vive em função da angústia tem medo de atravessar a rua, de amarrar o sapato, e isso determina o jeito como se anda, se fala, se respira.

"O judaísmo musculoso diz que a doença é a manifestação da angústia no corpo, assim como é a do corpo na angústia. Uma coisa alimenta a outra, tanto quanto a história geral é a história individual e vice-versa. Para mudar uma é preciso mudar a outra, e qual das duas mudanças é mais viável? O argumento é mais ou menos assim, podem desenhar a gente como bactéria num cartaz, podem tirar as nossas chances de ser alguma coisa dentro da sociedade, digam e façam o que quiserem na Europa ou em Harvard, mas experimentem aparecer no Lower East Side. Em algum momento vocês vão ter que estar na nossa frente. Olhar para a gente na escola do bairro, numa rua escura ou num ringue de boxe."

10.

"O boxe foi um esporte negro só a partir da metade do século vinte. Antes disso, meus amigos, no Lower East Side da época de Benny Leonard, os campeões tinham nomes como Joe Choynski e Kid Kaplan. Eles tinham apelidos como O Pequeno Hebreu, O Touro de Sion. Isso se chama visibilidade, o que acontece num quarteirão que seja, aí a gente pega esse modelo e amplia, imaginem o que aconteceria no país e no mundo se cada rua fosse assim. Milhares de ruas como aquelas do Lower East Side, era isso que o Velho Uri dizia.

"O Velho Uri tinha um pôster com a foto de Benny Leonard. Quando o velho era adolescente, o pôster ficava ao lado da cama dele. Ele olhava para a foto, Benny Leonard usava gumex para lutar boxe, o calção tinha uma estrela de seis pontas, e eu estou dizendo isso porque é nessa idade que a gente começa a entender o mundo. Como a gente vai se impor no mundo, quem é que eu vou nocautear?

"Eu sei o que alguns de vocês estão pensando. O Velho Uri nasceu no Brasil, talvez não devesse nem ter esse tipo de preocupação, ou de obsessão, uma vida inteira perguntando o que aconteceria se houvesse mais exemplos como o do boxeador Benny Leonard. Se cada família na Europa dos anos vinte falasse a respeito, como as famílias judias dos Estados Unidos falavam, quantas pessoas inspiradas pelo judaísmo musculoso não poderiam… Imaginem milhares de pessoas assim na República de Weimar. E mesmo depois, com a vitória nazista. Nos anos trinta, até chegar às clínicas e campos de extermínio, um exército de Benny Leonards pronto para enfrentar cada alemão que mencionasse Darwin e Pasteur enquanto dava comida para os pombos na praça, e aí seria possível ter um grau tão grande de alienação? De colaboração. De adesão ao massacre. Nada disso teria mudado a sorte dos judeus na guerra, claro que não, ninguém é idiota para pensar uma coisa dessas, mas tem certeza de que teriam sido seis milhões de mortos? Era isso que o Velho Uri perguntava, e se fossem menos? Não digo nem milhões a menos, quem sabe milhares. Quem sabe centenas. O número não importa, ele estava falando de um princípio, quantos judeus não morreram também por causa de, bem, por uma questão de imagem?"

11.

"Eu sei o que vocês estão pensando, meus amigos. Eu mesmo pensei muitas vezes, porque o velho falava e eu ficava ali quieto, um pouco por educação, afinal eu estava na casa dele, um pouco porque eu estava digerindo, bem, isso é até lógico, porque quando a gente ouve uma conversa dessas… Ao mesmo tempo, pensem na coerência do meu sogro. Ele sabia que as pessoas não gostavam dele, quer dizer, sempre tinha gente puxando o saco, afinal ele era o fundador da Benny Seguros, e ele escolheu o nome da empresa em homenagem a Benny Leonard, mas quem quer passar horas ouvindo essas coisas? Vocês acham que o Velho Uri não sabia que esse tipo de ideia é um incômodo? Será que a luta dele não ganha mais coerência por isso, porque é disso que se alimenta o judaísmo musculoso? Um jeito de a gente dizer, dane-se a gentileza. Dane-se a imagem gentil ou paternalista que as pessoas podem ter da gente."

12.

"O judaísmo musculoso podia ter morrido nos anos vinte, mas olhem o resto do século. A primeira imagem dos judeus depois de quarenta e cinco é a que os Aliados divulgaram, as vítimas naqueles filmes e fotos dos campos de extermínio, elas vivas ou mortas, não importa. É essa imagem que os livros de história dizem que poderia ter sensibilizado os cidadãos comuns durante a guerra, se os campos não estivessem tão longe da vida diária das pessoas, mas será que só isso basta?

"Pensem em como uma imagem chega até uma pessoa. Se eu mostrar as imagens dos campos de extermínio agora cada um vai reagir de modo diferente, até porque todo mundo aqui já viu isso muitas vezes. São oito da noite agora, e ninguém garante que vocês mesmos, que são judeus e perderam parentes na guerra, ou algo próximo disso, parentes que fugiram e recomeçaram sem dinheiro e sem falar a língua num país estranho, enfim, vocês que são como todos os judeus da segunda metade do século vinte e sabem o que significam essas imagens, mesmo assim, meus amigos, ninguém garante que alguém aqui não pode pensar, eu estou cansado, eu estou com fome, eu não quero mais ouvir esse Davi Rieseman explorando as emoções alheias.

"Nós sabemos de tudo isso. E sabemos que a reação pode ser ainda pior. Que alguém que não é judeu pode olhar para as imagens e, bem, eu não vou ficar repetindo as palavras do Velho Uri. O Velho Uri não era uma pessoa agradável. Eu passei duas décadas ouvindo o meu sogro estragar as conversas em que voltou e voltou a esse assunto, então eu me limito a dizer que sendo desagradável ele queria chamar atenção. Tirar de quem ouvia uma determinada resposta. O velho dizia, será que ninguém percebe que uma coisa tem a ver com a outra? Que essas imagens terem sido feitas pelos nazistas, ou feitas a partir do que os nazistas fizeram, dá a elas uma perspectiva nazista? Que era isso que os nazistas queriam, que o mundo olhasse as imagens dos judeus do modo como eles mesmos olhavam os judeus?"

13.

"Será que os judeus não percebem a armadilha? Por que a gente acha que isso é uma regra, a pessoa olhar para uma vítima e sentir pena? O velho dizia, às vezes é o contrário. A pessoa olha e sente raiva, desprezo, porque a vítima está querendo tirar alguma coisa da gente fazendo papel de vítima.

"O velho dizia, foi assim que os nazistas plantaram essa imagem. Mesmo perdendo a guerra eles sabiam que poderiam ter essa vitória, e é só olhar o mundo de hoje para perceber como a previsão faz sentido. Imagine para um sujeito americano ou europeu de hoje. Um sujeito do Oriente Médio. Tire o verniz dessas pessoas, fique só com o que elas sentem debaixo da etiqueta, o que elas realmente têm vontade de dizer ao ver as imagens tantos anos depois, quantas décadas, quase um século de distância e vocês acham que não tem chance de alguém ali dizer, o que esse corpo que parece um esqueleto tem a ver comigo?

"O que eu fiz de mal para o esqueleto? Por que eu preciso continuar pedindo desculpa se sou um alemão de vinte anos de idade ou um americano que perdeu o emprego e mora com cinco filhos num trailer? Um bósnio veterano de guerra. Um árabe, o que querem que esse cara diga quase um século depois? Ele que não tem terra, que disputa a terra e a água com outros caras, e aí ele precisa ter pena porque o avô ou bisavô de alguém foi um esqueleto jogado na cova? Eram essas as perguntas do velho, ele repetia isso sem trégua, era café, almoço e jantar, qual o sentido de ainda mostrar a imagem do esqueleto hoje? Isso teve um efeito no passado, durou pouco tempo, exatamente o prazo entre a divulgação das imagens e a criação do Estado de Israel, porque no minuto seguinte Israel passou a ser atacado, são setenta anos de ataques de todos os lados, e todo mundo aqui sabe disso e vai continuar esperando que o planeta chore por causa disso?"

1.

O futuro de uma ideia: nós cruzamos o salão de entrada do hospital. Nós entramos no elevador, Davi, é aqui que as perguntas começam. É preciso esclarecer os fatos, escolhas que você fez lá atrás e nos trouxeram até este lugar.

2.

Por exemplo, o seu discurso diante da plateia de judeus. Você lembra onde foi isso, não? A sede da empresa fundada pelo seu sogro. Na noite do discurso fazia quantos anos que você estava ligado à Benny Seguros, vinte? Você começou a trabalhar lá na época da faculdade, e durante muito tempo ouviu as opiniões do seu sogro, e enquanto ele dizia aquelas coisas todas no café, no almoço e no jantar…

3.

Sim, você disse que ficava quieto. Mas como definir a palavra quieto? Vinte anos antes do discurso você era um estudante de direito. Trinta anos antes era um aluno bolsista no colégio: seus colegas eram filhos de banqueiros, industriais, donos de redes de varejo, e uma coisa é ser dedicado nas aulas. Uma coisa é o bolsista gostar de ler, ter um certo carisma para falar em público, o que foi devidamente notado ao longo do tempo, e ninguém ficaria surpreso se você progredisse na área que escolheu ao prestar vestibular, se virasse promotor ou juiz porque há tantas chances de futuro confortável numa posição dessas para alguém com o seu perfil, Davi, mas daí a ser o que você é hoje… Ter a casa onde você mora. Os outros imóveis, os investimentos. O patrimônio que vai ficar para a sua filha, um pouco no Brasil, o resto espalhado por três continentes: daí a chegar a esse nível é outra história.

4.

A mãe da sua filha se chama Lia. Vocês começaram a namorar num mundo que hoje é só história: noites sem preocupação com o futuro de uma criança, conversas que não tratavam de dinheiro espalhado pelo mundo. É um pouco penoso voltar a essas coisas, nós sabemos, mas de novo: foi você quem escolheu falar a respeito no discurso da seguradora. Você é que mencionou a honra de fazer parte da família, do projeto.

Como se inicia um projeto: aqui temos Davi e Lia num sábado, no meio dos anos noventa. Os dois se conhecem do colégio, de um movimento juvenil judaico chamado Tov. As atividades do Tov acontecem na sede do colégio, nelas há os chanichim, pupilos, e os madrichim, monitores, e além das gincanas e da preparação física, da caça ao tesouro e dos torneios de vôlei, das músicas e danças que serão repetidas em colônias de férias duas vezes por ano, uma parte da tarde é reservada para as dinâmicas de grupo. Davi tem dezessete anos e é monitor, dá para ver que ele tem jeito para comandar uma equipe, vinte pupilos que ouvem os argumentos dele nesses debates, questões sobre liberdade, sobre orgulho.

Lia tem um ano a menos que Davi. Ela recém virou monitora no Tov. Os dois participam de reuniões, e é até esperado que ela se impressione com a desenvoltura dele, com a relação entre a história pessoal dele e o conceito de orgulho: Davi falava sobre como era ser um aluno bolsista, os primeiros anos no colégio, e ele sabia que Lia gostava das histórias porque reparou no modo como ela costumava olhar. Foram muitos sábados em que ela continuou olhando, e ele devolveu a atenção, até que no fim de um daqueles dias, depois da dinâmica que reunia todas as equipes... O orgulho é um conceito que transcende as classes, isso era respeitado quebrando hierarquias internas, monitores e pupilos que faziam juntos a arrumação das salas de aula e do pátio... Vocês botavam as cadeiras viradas sobre as mesas nas salas, era um gesto de respeito à faxineira que limparia tudo no domingo, depois recolhiam os equipamentos da quadra, os cones, a rede de vôlei.

5.

Eram seis e meia da tarde naquele sábado. Você e Lia carregaram juntos a rede. Os dois andaram até um depósito embaixo da arquibancada, a lâmpada não funcionava ali, havia apenas o resto do dia entrando pela porta quando você ajeitou a rede no escaninho e sentiu a mão de Lia na sua cintura. Ela se encostou um pouco mais, e você se virou, e olhou de volta como não tinha feito ainda: agora tendo contato com o corpo inteiro dela, um segundo assim, é o tempo que basta para acontecer... Como chamar isso? Uma intuição? Um destino? Nós sabemos como podem ser essas coisas, Davi. Duas pessoas se apaixonam, têm uma filha, e é possível passar décadas vivendo os efeitos daquele instante mágico no depósito debaixo da arquibancada, mas não é sobre isso que estamos perguntando. Não é por isso que estamos no hospital: nós não duvidamos que você tenha sido sincero no início do namoro, apenas queremos lembrar que a sinceridade às vezes se mistura... Por exemplo, aquelas primeiras semanas. As primeiras visitas à casa da sua namorada. O passo natural de um relacionamento que ficou sério no tempo que deveria ficar, e você vai dizer que durante esse período não pensou uma única vez em questões práticas? Você e Lia viviam no mesmo ambiente, na mesma comunidade pequena, uma tia que conhece a outra, os amigos dos irmãos dos primos, e você jura que nem por um instante vislumbrou a praticidade da nova situação?

6.

No começo do namoro com Lia, você ia à casa dela de ônibus. Você descia no ponto, andava por um bairro cheio de árvores, quarteirões inteiros ocupados por muros, e atrás de um deles morava aquele sujeito... O self-made man. O corretor que começou batendo de porta em porta. O visionário que aproveitou o boom da indústria de carros nos anos sessenta, e abriu uma seguradora nos setenta, e trocou as apólices contra acidentes e roubos pelo então novo mercado dos planos empresariais de saúde.

É uma biografia e tanto, Davi, e você se identificava com ela. Afinal, você veio de baixo como o Velho Uri. O seu pai sumiu quando você era bebê, a sua mãe era professora e conseguiu a bolsa do filho na escola onde dava aula no pré-primário, e é possível transformar esse início na baixa classe média judaica, ou na pobreza, como se queira chamar, é possível que no seu caso isso tenha sido um cartão de visitas: Lia contou ao Velho Uri sobre você, lembrou que tinha sido aluna da sua mãe, e falou do seu trabalho no Tov, do seu potencial como líder no movimento. São exemplos assim que ajudam a impressionar uma futura esposa e mãe. O que ajuda a ganhar a confiança de um futuro sogro e avô.

O Velho Uri tinha essa fama, o homem que chegou aonde chegou e por isso podia tratar as pessoas daquele jeito, dizer aquelas coisas para quem era e não era da comunidade, interrupções em palestras, artigos no jornal, tudo que você já sabia antes de conviver com ele e se confirmou depois, mas isso só valia para os outros. Com você foi diferente desde o início. Você sabe do que estamos falando, basta lembrar daqueles encontros... De um deles especificamente, uma noite de ar fresco, finzinho de primavera... Há memórias que terminam e não terminam, datas que foram e não deixam de ser, e se algumas delas faziam parte do imaginário do seu sogro, os anos vinte em Nova York, o dia exato da posse de Hitler, vamos voltar a outra que foi citada no discurso de Davi Rieseman na seguradora: a noite de quatro de novembro de noventa e cinco.

7.

"Então o Velho Uri dizia essas coisas, meus amigos. Existem duas imagens no século vinte. O judeu angustiado é o esqueleto dos campos, o boxeador Benny Leonard é o soldado de

Israel. Peguem qualquer livro, qualquer filme, e não existe outra alternativa. Kafka e Philip Roth são o esqueleto. Woody Allen é o esqueleto. A Lista de Schindler, em que os judeus são salvos pelo nazista bonzinho, vocês querem propaganda maior do medo de amarrar o sapato num gueto? "A fundação de Israel é o momento em que o ciclo se rompe. Imaginem o mendigo que recebe uma esmola, porque é isso que significa o gesto da onu quando cria um Estado judeu. Os povos que passaram dois mil anos perseguindo o mendigo agora dizem que estão ao lado dele, e tudo poderia apenas se repetir, nós agradecendo ao nazista no filme do Spielberg, mas aí é que está. Uma hora a coisa se inverte. Alguém que se acostumou a ser pisado, uma hora o mendigo recebe a esmola e em vez de ficar de joelhos ele compra uma arma."

8.

Na noite de quatro de novembro de noventa e cinco, Davi Rieseman tocou a campainha da casa do futuro sogro. Àquela altura, apesar de ter ido poucas vezes lá, já dera para contar ao Velho Uri um pouco do próprio passado. Davi nunca falava dos avós, que não conheceu, e pouco falava do pai, ao menos da figura que aparece nas fotografias, o tipo físico, individual, porque isso não era importante na história que gostava de lembrar.

Nas conversas iniciais com o velho, Davi falava sobre a mãe professora. Sobre o sanduíche que a mãe fazia para economizar na merenda do filho. Há detalhes que interessam a qualquer um que veio de família pobre: o recheio de queijo e tomate, a maionese caseira, e enquanto isso os colegas ricos compravam pastel na cantina, refrigerante… Você citou para o velho a marca do refrigerante, Davi? Como citava no Tov. Você era o monitor que dizia para os pupilos: durante a infância toda eu não comprei uma única lata de Coca-Cola. Um único doce. Um quindim que fosse, um brigadeiro. Você disse para o velho que não tinha vergonha de trazer comida de casa. Que a sua mãe ensinou isso e tantas outras coisas. Foi por causa dela que você descobriu que não era pior que os colegas ricos, não tinha que baixar a cabeça para eles, e os colegas ricos aceitaram quem você era como igual, e logo como o líder que você se tornou, só que olhando para alguns detalhes daquele período... Por exemplo, quando pensamos em quem mudou e quem não mudou. Você e os seus colegas ricos, o que vocês eram na infância e o que são hoje, quem se adaptou a quem nisso que você gosta de dizer sobre orgulho, sobre usar o orgulho para mudar uma imagem.

9.

Na noite de quatro de novembro de noventa e cinco, a sua imagem ainda era a de alguém de dezessete anos. Você era só um estudante bolsista do último ano do colégio. A empregada abriu o portão, e você contou os passos que sugeriam o tamanho da casa. Eram quantos no jardim, e entre o hall de entrada e a sala? Lia estava tomando banho, a mãe dela recebeu você, vinte, trinta passos, e do hall já se conseguia ouvir a televisão...

Quarenta passos. Mais dez até olhar para os móveis da sala, os tapetes. O Velho Uri era um pouco surdo, fazia parte da fama dele também, então é natural que diante de alguém que gritava daquele jeito em meio a todos aqueles objetos... O velho xingava o noticiário, a televisão no mesmo volume da voz dele... A mãe de Lia deixou vocês sozinhos ali, os decibéis na sala eram um hospício, mas você conseguiu se distrair do que ouvia e apenas olhou para a tela: ali estava a imagem de um homem algemado. O homem vestia uma camisa branca. Ele também parecia distraído, os olhos fixos no vazio enquanto o resto do mundo gritava, jornalistas, policiais, fotógrafos, políticos.

10.

O homem algemado tinha um nome, Yigal Amir. Ele era judeu como você, Davi, inteligente como você, com um certo jeito para falar em público. Ele também tinha mãe professora, também do pré-primário, e também foi estudante de direito e depois virou um ativista conhecido no fim do século vinte. Nós podemos chamar você assim? Podemos dizer que você é um ativista judeu ligado ao século vinte, ou é melhor dizer século vinte e um? A mistura dos tempos às vezes nos confunde, é verdade, você aqui no hospital e também de volta àquela noite que marca o fim de um século, ou o início de outro: você na sala do futuro sogro podendo se distrair com todas aquelas coisas bonitas, os bronzes e vidros e madeiras e bambus, mas olhando para a televisão. Em breve você passaria a fazer parte daquele ambiente, e teria as benesses de ganhar a confiança da família numa sequência de conversas que começou quando os olhos de Yigal Amir se levantaram por um instante. Os olhos dele fixos na câmera, que era a tela da televisão do Velho Uri, e para quem Yigal Amir estava se dirigindo? Em quem ele se espelhava, Davi, quem ia entender o crime dele?

11.

"O Velho Uri disse isso até morrer, meus amigos. Ele não queria saber dos delegados da ONU em quarenta e oito, de quem apoiou ou atacou Israel desde a Independência, incluindo os árabes, os russos, os americanos. O velho dizia, importa é o que os judeus fazem por si. O resto são alianças de momento. É só olhar o que aconteceu desde a guerra, anos cinquenta, sessenta, até os acordos de paz nos noventa. Até a morte do Yitzhak Rabin. "Eu estava ao lado do velho na noite em que o Yitzhak Rabin foi morto. Nós ficamos parados na frente da tevê, vocês devem lembrar da comoção dos políticos europeus, do Bill Clinton. Porque não é todo dia que as câmeras mostram um crime assim, o corpo de um primeiro-ministro de Israel sendo carregado, o assassino exposto na delegacia. A loucura nos olhos do assassino, um judeu que não aceita o acordo de paz que vai devolver alguns quilômetros de terras aos árabes, e o noticiário ficava repetindo isso, a loucura do tal Yigal Amir. O tiro de Beretta que o Yigal Amir deu no Rabin. E aí tem opinião à vontade, não tinha ninguém naquela noite que não dissesse que o tiro ia sair pela culatra. O processo de paz seria mantido e até fortalecido, a sociedade de Israel iria repudiar ainda mais a violência dos fanáticos dos dois lados, e eu fiquei ouvindo aquilo ao lado do Velho Uri, mas aí é que está, para ver como as coisas acontecem.

"O Velho Uri era um pouco surdo. A tevê na casa dele era como um caminhão de som, mas naquela noite tinha uma coisa ainda mais alta. Aquela foi a primeira vez que eu vi o meu sogro desse jeito, ele gritava com a tevê, com as paredes, com ele mesmo, até que uma hora ele pegou o controle remoto e apertou o botão de mudo. Ele largou o controle na mesinha, a sala ficou em silêncio, só as imagens ali vibrando, e então ele se virou para mim e perguntou, e você? Não consegue ver também? Será que ninguém vê que esse Rabin era o Judas de Israel?"

12.

Em quatro de novembro de noventa e cinco, você ainda não trabalhava na Benny Seguros. O que você sabia desse ramo de negócios correspondia a uma imagem impessoal: as vantagens de apólices que envolvem centenas de funcionários, milhares em muitos casos, e qual a diferença se quem assina os papéis é amigo de A ou B, é gentil ou não com os seus amigos, tem ou não a opinião dos amigos diante do crime X cometido em nome do país Z? Em teoria nada disso tem a ver com negócio nenhum, mas convenhamos. Você é um homem inteligente, Davi. Você conhece a história desses crimes, desses países. Você conhece a relação da história com empresários como o seu sogro. Você disse que ficava quieto quando ele falava de política, mas se lembrarmos bem daquelas conversas… Se pensarmos na cronologia delas. Na influência delas na sua vida como ativista judeu, e você vai seguir jurando que isso não tem nada a ver com o assassinato de Yitzhak Rabin?

Você vai continuar jurando que foi assim, o genro quieto depois do que o Velho Uri disse vendo a notícia do assassinato na televisão? E que esse foi um silêncio puro, nenhuma palavra sua, ou algo tão pequeno que você alega ser sem importância, uma reação quase automática depois de ouvir o nome Judas, um resmungo, uma expressão de concordância…

Você lembra qual foi a expressão? Nós lembramos, porque isso tudo ecoa até hoje: as palavras de noventa e cinco repetidas aqui no hospital, junto com as palavras que você disse no discurso para a plateia de judeus… Vamos lá, Davi. Nós estamos falando com você, e você precisa falar conosco, então por favor: qual expressão você usou depois de ouvir os gritos do Velho Uri? Sim? De fato? Pois é?

Pois é.

Muito bem. Viu como não é difícil começar a responder para nós? O Velho Uri falou na traição de Yitzhak Rabin, e você disse pois é. Você podia ter ficado de boca fechada, talvez desse

na mesma, talvez não desse, mas diante do que tinha feito o Judas de Israel, convenhamos...
Pois é. Você pode alegar que nada disso tem importância a essa altura. Que o Velho Uri está morto, e ninguém mais sabe quem foi Yigal Amir. Que há tantos crimes no mundo, e gente defendendo esses crimes, e você tem o direito de ir em frente sem pensar no que aconteceu décadas atrás. Mas isso é possível mesmo, Davi? O velho disse o que disse em quatro de novembro de noventa e cinco, só vocês dois na sala, e quem tornou pública a conversa foi você. Quem a tornou eterna. Parece um caminho e tanto entre o pois é, o seu discurso na Benny Seguros e o nosso encontro no hospital, mas é só continuar puxando o fio, ontem, hoje, no Oriente Médio, no Brasil, e veja se não fica claro que tudo é a mesma coisa desde sempre.

13.

"O Velho Uri dizia, peguem o currículo do Rabin. Ele foi um herói de guerra, passou por vários cargos no exército e no governo, inclusive já tinha sido primeiro-ministro nos anos setenta, ministro da Defesa nos oitenta.

"Quando o Rabin foi ministro da Defesa aconteceu a Primeira Intifada. Pedras contra tanques, vocês lembram. Um soldado judeu tira a pedra da mão de um árabe e quebra o braço dele, que horror que isso causou na opinião pública, mas aí é que está, meus amigos. O Velho Uri dizia, eu avisei tudo desde sempre. Deem a esmola para o mendigo de braço quebrado e vocês vão ver o que acontece. Deixem ele comprar a arma, ter o poder de repetir a história que nós conhecemos como ninguém.

"O meu sogro dizia, quem autorizou a quebra do braço foi o Rabin. Não é uma cena bonita, ninguém quer ver um braço quebrado na tevê, mas a questão não é de beleza. Que mensagem você passa para quem quer jogar o seu povo no mar? Você prefere ser criticado por uma cena feia ou virar a vítima numa cena mais feia ainda, todos os judeus com o braço quebrado e roxo, o corpo inteiro roxo antes de ser comido pelos peixes?"

14.

"O Rabin fez o que precisava ser feito nos anos oitenta. Por isso os judeus confiavam nele, viam nele alguém preparado para lidar com os árabes, aí passa uma década e vejam como ele usa o crédito quando volta a ser primeiro-ministro. O Velho Uri dizia, parabéns ao Judas que transformou Israel em alvo fácil. Parabéns aos signatários e fiadores dos acordos de paz, você retirar as tropas dos territórios, dar essa área toda para instalarem plataformas de foguetes, todos apontados para o nariz das crianças na escola.

"Quando o Rabin foi morto o velho disse, e se ninguém fosse lá expor a mentira, tirar os traidores da mesa de negociação? Por que os árabes vão deixar de atacar se eles podem? Ou alguém acha que eles vão ficar só com a parte do território que acham pior, porque lá não tem as melhorias que os judeus fizeram? Lá não tem o sistema de irrigação, os centros de pesquisa e a riqueza das cidades, e quem já foi para Israel sabe do que estou falando, aquele acordo era uma bomba-relógio.

"O velho dizia, se estou tão errado assim, os próximos anos vão mostrar. Se tinha tanta boa vontade assim dos árabes, da ONU e dos Estados Unidos, a morte do Rabin não significa nada. Botam outro primeiro-ministro, e segue valendo o que supostamente era o combinado. Paz eterna para os dois povos, você acha que é o que vai acontecer? O meu sogro perguntava para mim em noventa e cinco, e aí a gente olha hoje. Tem uma coisa objetiva nisso, meus amigos, não adianta. O plano de paz foi para o lixo, veio a Segunda Intifada. Teve Onze de Setembro, Iraque, todas as outras guerras. O mundo virou de ponta-cabeça tantas vezes, mas ao menos as crianças de Israel podem ser defendidas. Ao menos ninguém aqui tem medo de amarrar o sapato. Quem garantiu isso, o judeu de óculos no gueto ou o boxeador Benny Leonard? A bandeira branca de Woody Allen e Steven Spielberg ou a Beretta de Yigal Amir?"

1.

Tudo a mesma coisa desde sempre: um discurso sobre a Beretta, que é um discurso sobre si mesmo. Você olha para si mesmo, Davi, enquanto responde às nossas perguntas no hospital. Por exemplo, a história do seu namoro com Lia. O vestibular para direito, o estágio na empresa do sogro durante a faculdade. *Pois é.* A partir do estágio, você passa por alguns cargos na Benny Seguros. *Pois é.* Você se forma. Vira advogado. Depois gerente jurídico, diretor. *Diretor jurídico.* E então você entra no board da empresa, enquanto segue se dedicando ao Tov. São mais de duas décadas nessa soma de fatos paralelos, trabalho, família, tantas versões possíveis de uma vida múltipla e bem-sucedida, mas é como se houvesse a mesma administração de origem.

2.

Por exemplo, havia uma estrutura que financiava as atividades do Tov. O espaço da escola era usado naqueles sábados, o ginásio para os jogos de vôlei, as salas de aula para as dinâmicas de grupo. O Tov não pagava aluguel na escola, mas havia outras despesas: faxineira, material esportivo. Havia as colônias de férias duas vezes por ano, uma no inverno, uma no verão, e você aprendeu como se opera o que entra e sai de um caixa desse tipo...
Era verba de arrecadação.
Dos pais dos pupilos, certo?
Dos pais, das feiras.
Certo, e a verba era centralizada pelo escritório dos estados. Que se reportava ao escritório nacional. Que se reportava ao escritório da América Latina, que por sua vez...
É uma hierarquia.
A sede mundial do Tov ficava em Tel Aviv. Havia ligações com outros movimentos judaicos dos Estados Unidos e da Europa. Movimentos de todo tipo, grandes ou pequenos, religiosos ou seculares, mas no fundo todos tinham um princípio em comum. O princípio motivou o programa reunindo monitores de todos os países, um curso para jovens líderes judeus que durava um ano, você trancou a faculdade para participar quando tinha dezenove. No início de noventa e oito, já com um bom tempo de namoro. A sua namorada foi também, e como eram mesmo os slogans do programa? O Gosto Pela Vida Independente. O Exercício Da Identidade. A identidade como base de liderança para quem quer Viver De Perto Israel.

3.

Você lembra como foi em Israel. Várias etapas de estudo e vivência no programa, um ano para instruir futuros líderes nacionais, continentais e globais. A primeira dessas etapas foi num kibutz do Negev, colhendo bananas. Depois aulas em Netanya, em Haifa. Você e Lia passaram pelo exército, pelo serviço social, tiveram aulas de hebraico e cultura hebraica, história, relações internacionais. Vocês percorreram o sul e o norte do país, andaram de helicóptero e navio, fizeram mergulho e rapel numa pedra de quinze metros.
Vinte.
E vocês foram a empresas e think tanks, universidades e centros privados de pesquisa, tudo tendo como guia esse princípio unificado que a gente pode chamar de doutrina.
Não é só doutrina. É a história.
A história que se baseia numa doutrina.
A história que interfere de volta na doutrina. Uma coisa leva à outra.
Certo.
Quando a doutrina vira Estado, o Estado passa a ser a doutrina. A segurança dos judeus hoje é Israel, não é mais um debate de intelectuais com medo de pogroms.
Certo. Mas antes de chegar a esse ponto, Davi... Como você mesmo diz, as ideias precisam vencer batalhas de ideias para virar realidade. A primeira batalha é convencer individualmente. Tornar-se algo palpável, presente no dia a dia da pessoa. Então nós temos o seu caso, monitor do Tov aos dezessete, estudante de direito aos dezoito, e entre dezenove e vinte você vai e volta de Israel preparado para tratar dessa presença no trabalho e na família: liberdade, orgulho, segurança, Estado.

4.

São três anos em que você confirmou que tinha nascido para a tarefa. Mas a vocação só foi adiante porque você foi apoiado num momento decisivo. Como você definiria esse apoio? Por exemplo, quando o Velho Uri paga a sua viagem a Israel: as passagens, as taxas do programa. Você acha que ele faria isso para qualquer idiota que namorasse a filha dele? Que ele veria em qualquer idiota o potencial que viu em você, mesmo que até então o Oriente Médio não fosse tema dos seus discursos no Tov?

Desculpe insistirmos nisso, Davi, mas você acha que a sua viagem de graça independe daquele pois é diante da imagem de Yigal Amir na tevê? Do que o Velho Uri mostrou que seria capaz de fazer por você em quatro de novembro de noventa e cinco, desde que você entendesse o que deveria fazer em troca a partir dali?

Você acha que o resto da sua carreira não teve relação com esse entendimento? O genro que volta de viagem e começa a trabalhar na empresa do sogro. O advogado que ao mesmo tempo ocupa cargos no escritório brasileiro do Tov. Uma ascensão rápida, monitor, coordenador regional, diretor nacional, e uma mudança rápida nos discursos: o que você aprendeu no Oriente Médio agora aplicado ao seu país. Você à frente de um movimento que expande as atividades, o que inclui não apenas os sábados de judeus adolescentes, ou cursos de liderança para judeus saídos da adolescência, mas também a mudança da sede no Brasil, as primeiras ações no Paraguai, na Argentina. O nome do Tov era restrito às conversas da comunidade, e agora começa a sair na imprensa de três países, você à frente nas manchetes: quando pensamos na questão da imagem dos judeus, quem sabe não exista uma semelhança aí... A coragem que um líder judeu pre-

cisa para fazer o inesperado, superando a dificuldade em conseguir os meios…
 Há mais de duas décadas você se dedica a cultivar esses meios. Para isso você reúne os seus amigos de infância, os amigos que fez depois. Os que conheceu trabalhando dentro e fora do Tov. Dentro e fora da empresa do sogro. Os simpatizantes, os patronos que ouviram o seu discurso na Benny Seguros: a defesa que você fez palavra por palavra, centavo por centavo, para cada um doar o que podia e receber o que lhe era devido.

5.

"Vocês querem ver uma coisa, meus amigos, o Yigal Amir era tido como fanático. Ele está preso desde noventa e cinco, e até hoje diz que agiu a mando de deus, com permissão de um conselho de rabinos. São duas décadas citando o precedente bíblico do profeta Fineias e dos traidores da tribo, e o que isso significa? Nos termos da estratégia dele, não faz nenhuma diferença. O sujeito pode ser fanático à vontade quando tudo depende de um tiro de Beretta em direção a uma só pessoa, é só ele conseguir chegar na frente do alvo e salvar os judeus do mundo. Assunto encerrado para a época de Yigal Amir, mas no que isso serve quando olhamos para a realidade de agora? Não existe mais Guerra Fria, nem uma potência sozinha no mundo. Hoje tem Rússia e China, mudança climática, a energia que não é só o petróleo do Oriente Médio, mas o conflito segue existindo."

6.

"O conflito nunca vai deixar de existir. Entrar nele é uma questão de recursos. Benny Leonard entendeu isso, Yigal Amir fez a mesma coisa, o sujeito olha para o que está ao alcance e não se intimida. Ele começa a treinar boxe no início do século vinte, ou então compra a Beretta quando o século está terminando. O sujeito bota gasolina no carro e vai até o comício onde o Rabin é a atração. Ele engana um guarda, basta isso para furar o bloqueio do serviço secreto, e aí eu lembro do que o meu sogro dizia sobre o crime, será que ninguém percebe como foi uma solução simples? Como custou muito pouco? O Velho Uri perguntava assim, e eu devolvo a pergunta para vocês, meus amigos, será que não tem aí um caminho para enfrentar os problemas que nós judeus temos hoje? Ver onde está o limite do que podemos fazer, e agir no limite desse limite. Mesmo que o mundo tenha mudado tanto, e a ameaça a nosso povo seja mais difusa que no século passado, ainda é muito barato enfrentar a ameaça, o gigante que nos olha da outra ponta do ringue."

7.

O gigante no ringue: em países ricos há leis, impostos que são fáceis de abater, e não há milionário que não seja também patrono de algum museu, orquestra, faculdade. Já na América Latina não existe essa tradição: é preciso gastar mais saliva, penar mais para convencer os patronos a sentar num auditório e enfiar a mão no bolso... Desde a época do Tov, Davi. Foi ali que você começou a fazer os apelos.
Eu não fiz apelo nenhum.
Os pedidos.
Apelo é sentimentalismo.
Os pedidos está bom? Não tem problema, nós reformulamos a frase: você sempre foi um palestrante não sentimental na hora de pedir. Um sujeito não exaltado, não impulsivo, vamos

admitir que havia essa qualidade de postura. Yigal Amir se exaltava impulsivamente naqueles comícios dele, desde a faculdade de direito, muito antes de pegar uma Beretta e fazer o mesmo diante de Yitzhak Rabin, enquanto você... Por exemplo, naqueles primeiros anos depois da sua volta de Israel. Quando você começa a usar sua posição no escritório brasileiro do Tov, depois no da América Latina. A sua posição na empresa do sogro, o aval do sogro para essas ações: você leva a sede do movimento para o prédio da Benny Seguros, um escritório que passa a ser maior, isso foi quando exatamente?
Eu não levei nada sozinho.
Meio dos anos dois mil?
É um trabalho coletivo. Não é só uma pessoa que decide.
Dois mil e quatro, Davi. O prédio da nova sede tinha um auditório, o lugar onde você começou a promover debates, palestras para os caros colegas, colaboradores e amigos do patronato. Os títulos das palestras eram os mais elevados possíveis, Sionismo No Século Vinte E Um. O Sionismo Do Século Vinte E Um E Os Desafios da Integração.
Uma coisa que eu não entendo.
O Tov já tinha uma certa expertise em pedir dinheiro, receber dinheiro, mandar o dinheiro para contas espalhadas pelo mundo se fosse preciso, mas você levou as coisas para outro patamar em termos de eficácia, de abrangência.
Eu posso perguntar uma coisa? Só para entender por que estou neste hospital, respondendo para esse coro de vozes. Vocês querem o quê, exatamente? Que eu fale da época do discurso na seguradora?
O coro acha que eu vivi em que época? Como se eu soubesse no passado o que aconteceria no futuro. Ninguém tem esses dados, nunca, então não adianta vocês fazerem ironia, porque isso não muda o fato de que eram os dados disponíveis. Como eu poderia ter feito diferente, quais as alternativas que vocês me dão?

8.

Justamente, Davi. Nós do coro queremos falar das alternativas. Foi pensando nelas que você fez o Tov virar a entidade que conversa com outras entidades: ongues, think tanks em países vizinhos… Vocês abriram um escritório no Paraguai, formaram uma comissão que discutiu tecnologia de segurança na Argentina. Vocês tinham relatórios sobre a presença da Al-Qaeda em Ciudad del Este, sobre a participação do Irã no atentado contra a sede da Amia em Buenos Aires, e você aproveitou as conclusões desses relatórios para tomar determinadas medidas no Brasil…

Você entendeu que esse não é um problema só dos governos, nem restrito à comunidade judaica. Nos tempos de monitor do Tov, quando discutia política nas dinâmicas de grupo, você fazia esse tipo de pergunta aos pupilos, quem vocês levariam para um abrigo nuclear? Você dizia, podem escolher cinco pessoas desta lista de dez. Aqui temos um engenheiro de sessenta e três anos, uma mulher grávida de vinte e um, um médico viciado em drogas… O dilema fazia os pupilos pensarem em valores particulares e coletivos, na sobrevivência daquele grupo dentro do abrigo e na sobrevivência da humanidade como um todo, uma aliança em que um depende do outro para enfrentar o mesmo perigo comum…

Paraguai, Argentina, Brasil: você falou muitas vezes sobre isso para plateias judias, e também para outras comunidades. Você foi a encontros que as outras comunidades promoviam, acampamentos de jovens como os do Tov, onde todos também se juntavam em volta da fogueira para ouvir o líder. Porque ser líder é enxergar o potencial coletivo desses momentos: Davi como indivíduo se dirigindo a outros indivíduos, todos iguais na busca por um objetivo maior, a força da fé interna que se transforma em realidade externa e alimenta a força interna de volta.

9.

Nos acampamentos você acenava para o futuro, que sempre inicia com uma questão de imagem: a luz do fogo que ilumina um rosto sob o céu de estrelas, eis você ali em meio às barracas, a espinha dorsal ereta e a faísca nos olhos que se dirigem para os novos aliados. Eis você ali depois de um dia cheio de atividades: vôlei, música, esquilama na beira de um rio gelado, e todos no acampamento deveriam estar exaustos, mas não. Se a plateia podia ver o que o fogo e o céu iluminam no rosto de quem fala, invertendo o ângulo dava para ver outra coisa. A vitalidade de quem ouve. O tipo físico e psicológico deles, Davi: o que os meninos e meninas do acampamento tinham em comum com você mesmo, com o seu povo? Foi ali que começou o seu tipo particular de ativismo. Afinal, você resolveu se unir a um grupo discriminado, com a marca da exclusão que sempre esteve grudada em seu próprio grupo, mas que tinha à frente a escolha de deixar a fraqueza para trás. Uma escolha que você ajudava a enxergar quando dizia nos acampamentos: talvez vocês tenham alguma coisa para aprender com os judeus. A religião de vocês tem muito mais fiéis que a nossa no Brasil. Vocês são maioria em muitos lugares, mas não importa, porque a quantidade de pessoas não define o grau de discriminação. Se definisse, as mulheres não sofreriam o diabo em Teerã, em Kabul.

10.

Davi dizia: se maioria fosse uma questão em si, Portugal não teria sido um império. Nem a Inglaterra, nem a Holanda.

A questão não é ser fraco, é se ver como tal. A fé de vocês é parecida com a nossa, vocês também acreditam no Velho Testamento, e eu poderia dizer que a Bíblia é uma escritura imobiliária, que deus averbou os termos e cedeu a terra ao povo escolhido, e passar a noite contando sobre como Jerusalém é hoje porque eu estive lá, e vocês me contariam como será depois do Apocalipse e da reconstrução do Templo, e isso tudo tem a ver com a beleza da fé que está dentro da gente, sim, mas eu queria que além disso a gente prestasse atenção em outra coisa. Também em nós nesta noite, acampados perto desse fogo, sob o brilho sem fim das estrelas. Pensem no lugar onde a gente está. No lugar onde a gente quer viver, como deve ser essa casa, essa cidade, esse país.

1.

"É por isso que eu sempre digo, meus amigos."
A sua fala no auditório da Benny Seguros.
"Quando pensamos nos judeus brasileiros hoje. Nos modos de sobreviver, nas alianças possíveis para isso."
Você, a plateia, os aplausos no final do discurso.
"Por exemplo, quando a gente pensa nessas igrejas."
O discurso ecoa ao longo dos anos, até nos encontrarmos todos no hospital.
"Existem vários tipos de igreja. Vários tipos de pastor. Eu me aproximei de um deles no meio dos anos dois mil, o pastor Duílio, naquela época ele liderava uma comunidade pequena. O Tov também era pequeno, ao menos se comparado a hoje, mas tinha muita coisa em comum entre eles e nós. O pastor fazia acampamentos também, ele me convidou para alguns, todo mundo dormindo em barraca e fazendo esporte e conversando em volta da fogueira por uma semana, e ali eu me sentia... Eu dizia para

eles, o país todo vê vocês como gente atrasada. As mulheres com os cabelos até a cintura. Os homens com o colarinho abotoado que nem jeca. Gente estúpida que acredita em milagre falso e entrega o salário para um picareta."

2.

"Eu dizia para eles, me desculpem se estou sendo duro, mas por que eu viria até aqui mentir? Eu já conversei com o pastor Duílio, com os pais de alguns de vocês, e sei que o principal valor da igreja de vocês é a verdade, então por que abaixar a cabeça se a mídia quer mostrar outra coisa? Vocês sabem por que não tem mais piada de judeu na novela das oito?"
Você num elevador do hospital.
"Sabem por que não tem discurso nazista no noticiário?"
A porta do elevador se abre, nós chegamos à ala dos quartos.
"Eu dizia nos acampamentos da igreja, eu não conheço ninguém no governo de Israel, nenhum dos deputados de lá, nenhum dos rabinos que participam de programas de tevê, mas sei que essas pessoas estão ali por um princípio político. A fé é estritamente pessoal, no máximo comunitária, mas os efeitos dela precisam ser maiores que isso. Só vão levar a fé de vocês a sério se ela sair do círculo próximo, se deixar de ser essa questão privada de respeito às convicções de cada um. O respeito só dura até a próxima crise. A próxima guerra. O próximo campo de extermínio que alguém não muito respeitoso resolve construir."

3.

"Esse povo das igrejas, meus amigos judeus, pensem na inteligência deles. No caminho que eles fizeram de uns trinta anos para cá, vinte anos, vocês não veem nenhuma semelhança entre a trajetória deles e a nossa? A gente tem um Estado agora, e eles estão a caminho de ter algo parecido. É só olhar ao redor, antes não tinha galã segurando Bíblia na novela. Não tinha notícia positiva sobre a fé deles. Não tinha uma emissora forte para fazer essas coisas, nem deputado, senador, juiz, e alguém ainda tem dúvida de que construir isso passo a passo é o modelo vitorioso?

Não importa como cada um arrecada, o pastor Duílio com os fiéis dele, eu aqui com vocês, a questão é usar os recursos para que a doação circule no mundo e volte tendo melhorado o mundo para quem doou."

4.

O hospital tem corredores longos. Na ala dos quartos há cartazes na parede, são desenhos de bactérias, de boxeadores. No verso de cada cartaz há o nome de um doador, você conhece cada um dos nomes, e por isso somos obrigados a perguntar, Davi: como você se sente a respeito? Será que os livros de história falarão a respeito no futuro?

Por exemplo, será que algum historiador se dedicará ao tema da aliança que você montou? Você começa a costurar isso no meio dos anos dois mil, ao visitar os acampamentos do pastor Duílio. O que a ação do Tov ensinou para a ação da igreja, e vice-versa: o pastor com seus fiéis, Davi com seus amigos, todos com um objetivo particular que em algum momento vira meta comum. Os centavos que viram milhões numa coordenação centralizada, por meio de uma única marca.

Uma outra coisa que não entendo.

Quando surgiu a ideia dessa marca? E como surgiu o nome? Você falou para o pastor sobre o herói do seu sogro, não?

Uma outra coisa nessa ironia do coro.

Você quis fazer uma nova homenagem a esse herói. Já havia a Benny Seguros, então você e o pastor criaram o Instituto Benny Leonard.

O coro não respondeu à pergunta sobre as alternativas, então eu vou fazer outra, sobre o instituto. Juntar as duas coisas, vejam se cabe na ironia de vocês. Digamos que um de vocês tivesse tido um passado como o meu. Uma infância como eu tive.

Davi...

Digamos que uma das vozes do coro fosse um marido, um pai como eu sou.

Davi, por favor.

Olhem para isso tudo, pensem na história pessoal que me fez chegar aonde cheguei, e se o Instituto Benny Leonard não tem a ver diretamente com essa história. Vocês não percebem como me atacar é atacar também o que o instituto representa? A ação social do instituto, o futuro das crianças que nós ajudamos?

5.

Davi, por favor. Vamos deixar as crianças de lado por enquanto. Nós já vamos falar delas, não se preocupe, porque também é por causa delas que você está conosco no hospital, mas antes é preciso que você colabore nas outras respostas. Por exemplo, e para ficarmos no assunto das datas. Você volta de Israel em noventa e nove. O Tov muda a sede em dois mil e quatro. Você começa a frequentar os acampamentos do pastor Duílio em dois mil e seis. O Instituto Benny Leonard é fundado em dois mil e catorze.

É um caminho longo para você assumir e incrementar a causa do seu sogro. Depois daquele pois é diante da tevê, e de tudo mais que aconteceu nas décadas seguintes, houve também essa competência política: como você mesmo disse, é só olhar ao redor. Os seus antigos amigos em todos os lugares, junto com os novos amigos. Os seus colegas de escola, o povo da igreja, todos aptos a realizar o que você sempre pregou: a mudança de uma imagem, o orgulho por essa imagem que hoje existe no país e no mundo...

E, no entanto, olhe para o país e o mundo. Quando você terminou o discurso na Benny Seguros, a paisagem fora daquele auditório era uma. O que você veria hoje nas mesmas ruas? O que ouviria caso conversasse com as pessoas que esperam o ônibus, que andam de um lado a outro com ou sem rumo, o que elas dirão sobre o fato de terem perdido tanta coisa durante esse período?

6.

Em que data começa uma perda? Em sete de outubro de trinta e dois, Benny Leonard se aposenta dos ringues. Em oito de maio de quarenta e cinco, os nazistas assinam a rendição na guerra. Em vinte e sete de março de noventa e seis, sai a sentença que condena Yigal Amir.

Em mil novecentos e setenta e oito, nasce o líder judeu Davi Rieseman. Em oitenta e um, ele vai pela primeira vez à escola. Em dois mil, casa com Lia. Em dois mil e onze, os dois têm uma filha que se chama Dana.

Em seis de fevereiro de dois mil e dezoito, quando Davi sobe ao palco da Benny Seguros para dar seu discurso, Dana tem sete anos de idade. Durante toda a infância da filha Davi trocou fraldas, brincou com ela no jardim de casa, entrou com ela na piscina de casa, e levou na escola, no médico, onde mais fosse preciso. Davi aproveitou o que pôde com a filha, dá para dizer isso, até que uma noite se olhou no espelho do banheiro da empresa onde trabalhou por duas décadas. E então ajeitou a gravata. E então saiu do banheiro, e caminhou até o auditório, e ligou o microfone e disse: eu estou aqui, meus amigos judeus do Brasil, porque estamos vivendo um momento decisivo. Eu estou vivendo um momento decisivo. Eu vim aqui falar para vocês do meu sogro, da minha mãe, da minha esposa. Eu vim falar de uma criança chamada Dana, do futuro dela que também é o meu e de todos nós.

7.

"Eu vim aqui hoje, meus amigos judeus do Brasil, porque estamos vivendo um momento decisivo. Eu vi isso acontecer no Paraguai, com a presença da Al-Qaeda na fronteira. Eu vi acontecer na Argentina, com o dedo do Irã no atentado da Amia. O nome novo do antissemitismo, vocês sabem, é antissionismo. E o nome novo do antissionismo é uma legião de fachadas. Câmara de Comércio Árabe-Brasileira. Embaixada do Estado da Palestina. Fórum Social Mundial. Foro de São Paulo.

"Eu não sei se vocês conhecem a história dessas instituições. Elas atuam há muito tempo na América Latina. Por trás delas vocês vão achar de tudo, partidos legalizados, guerrilha, narcotráfico, e existe todo um discurso de protocolo para cada um desses departamentos, mas entrevistem qualquer um que participa de qualquer reunião com essa gente. Perguntem de Israel. Do Hamas, do Hezbollah. É uma questão simples, a pessoa é a favor ou contra os judeus terem um Estado para se proteger contra os ataques que continuam sofrendo?

"Perguntem do futuro dos judeus, e a resposta é o princípio que nos faz chegar a este auditório. Por trás de toda a enrolação oficial, dos argumentos que o marketing despeja numa eleição, é só isso que nos interessa saber. Daquilo que está no horizonte das nossas ações, vocês com as empresas que dirigem, eu com o Instituto Benny Leonard, como podemos dar uma resposta mais clara? Quem está conosco nesse cenário, não importa o deus para quem o aliado reza, o passado que ele tenha em assuntos que não sejam esse?"

1.

Seis de fevereiro de dois mil e dezoito. Davi dá o seu discurso, e entre aquela noite e o nosso encontro no hospital muita coisa aconteceu. A ala dos quartos permite visitas, os internos oferecem chá a Davi, biscoitos. Davi entra no quarto de um senhor viúvo. Entra no quarto de uma senhora viúva. Eles recebem Davi para falar sobre a própria viuvez, sobre a perda de amigos, de parentes.

2.

Davi entra no quarto de um bancário que perdeu a avó. De um analista de sistemas que perdeu a avó e um irmão. De um marceneiro que perdeu a avó, o irmão, o pai, dois amigos, três colegas de trabalho, e a conversa é parecida com a do senhor viúvo e da senhora viúva, e depois de cada visita Davi volta ao corredor, e se encosta na parede, e escorrega até o chão gelado e pensa, eles todos ainda estão aqui. Eu ainda estou aqui.

3.

Davi conversa com um funcionário que não via há tempo. Com o dentista que consultou por anos. No fim da ala dos quartos há uma porta, e finalmente uma pessoa da família abre. A mãe recebe Davi, o quarto é igual ao apartamento da infância, os móveis são os mesmos, o abajur em cima da estante. A mãe também oferece chá, mas não há biscoitos aqui: Davi espera o chá esfriar um pouco, toma o chá, e então a mãe pergunta se ele quer um sanduíche.

4.

Eram muitos sanduíches na época do colégio, um por dia durante anos. A mãe diz, você não precisa ter vergonha do que come, daquilo que é. Eu sei quem você é, Davi. Você pode querer ser outra coisa para os outros neste hospital, mas não para a sua mãe.

5.

A mãe diz: como você envelheceu. Eu lembro de você pequeno, um macaquinho que subia nestes móveis, que derrubava este abajur, e lembro de você muito perto de mim à noite quando eu contava uma história e você dormia. O meu macaquinho amado. O meu filhinho que dorme e sonha. Eu tento lembrar de você jovem, mas só consigo ver o rosto de hoje, e o rosto de hoje é um rosto que não reconheço mais, você reconhece o meu?

6.

Um rosto ontem e hoje: Davi enxerga na mãe os pacientes dos outros quartos, a casa antiga dessas pessoas, tudo que começou a ser destruído no discurso da Benny Seguros. A destruição em seis de fevereiro de dois mil e dezoito: caros colegas, colaboradores e amigos. Eu sou uma testemunha dos mortos. A história deles também é a minha, acho que todos já perceberam, mesmo que no início ela pareça tão distante, tão abstrata.

1.

"Talvez vocês achem que estou sendo radical." A história de Davi. O início abstrato dela. "Então é preciso esclarecer, meus amigos. Definir o que é radicalismo diante desse problema."

As palavras de Davi na Benny Seguros: é quando a história sai da abstração e entra na parte concreta.

"Há muito tempo eu penso nesse problema, como defender Israel estando no Brasil. O que é um modo de defender os judeus no Brasil, as nossas famílias, e aqui eu falo da minha mãe Rute, da minha esposa Lia, da minha filha Dana. Tudo sempre começa na casa da gente, e para mim aconteceu porque era uma casa pobre. Na estatística brasileira pode não ser esse o nome, mas era assim que eu me sentia na infância. Mesmo que eu dormisse debaixo de um teto, e estudasse num colégio onde consegui bolsa por ser filho de professora."

2.

"Éramos só eu e a professora Rute nessa época. A Dona Rute, como chamavam no colégio, ela se virava para conseguir os livros e eu ter algo para comer no recreio. Alguns de vocês foram meus colegas e sabem disso, o pessoal levava dinheiro de casa, a cantina do colégio vendia pastel, Coca-Cola.

"Eu passei a infância inteira sem comprar uma única lata de Coca-Cola. Eu levava um sanduíche e na hora do recreio me escondia. Quem estudou no colégio lembra da biblioteca, no recreio ela ficava sempre vazia, e ali eu devia ter onze, doze anos. Nessa época o tempo parece que é mais lento, então isso pode ter durado algumas semanas ou um mês, não importa, porque na percepção de uma criança é como a eternidade.

"O sanduíche que eu levava era bom. A Dona Rute fazia com carinho, ela botava queijo e tomate e uma maionese caseira que eu nunca comi igual, mas na época o gosto remetia a outra coisa. Eu comia rápido no fundo da biblioteca, e voltava correndo para o recreio, e ninguém notava que eu não tinha um centavo para gastar na cantina. Eu não tinha tênis de marca ou relógio, ou motorista que me levasse e buscasse."

3.

"Eu não estou sendo radical. Em todo colégio existe isso, alguém que é cuspido, e enterrado na areia, e jogado para cima até se machucar na própria festa de aniversário, vocês conhecem todas essas histórias. Um dia eu estava na biblioteca e de repente aparece a minha mãe. Agora imaginem a cena, foi coisa de um instante. A expressão no rosto da Dona Rute ao me ver comendo escondido. Ela entendeu na hora, e eu entendi que ela entendeu mesmo ela não dizendo nada. "A Dona Rute deu as costas sem dizer nada, e aquilo doeu como se ela tivesse batido em mim. Eu sabia que mais tarde ela conversaria comigo, e seria uma conversa como nunca antes eu tinha tido com a minha mãe, mas já ali na biblioteca eu senti que a vida tinha mudado. Se não fosse essa descoberta, eu não teria entendido as ideias do Velho Uri mais tarde. E sem entender essas ideias, eu não poderia ter feito o que fiz no Tov, no Instituto Benny Leonard."

4.

Seis de fevereiro de dois mil e dezoito. Você entrando na parte concreta do discurso. Uma transição lenta, sob a luz dos refletores no palco da Benny Seguros, que anos depois viram as lâmpadas do hospital onde estamos. Você come o sanduíche oferecido pela sua mãe no quarto. Você já entendeu por que isso acontece, Davi, o motivo de nós do coro termos trazido você a este lugar?
Porque tem gente que morreu.
Também.
E vocês querem saber das mortes.
Também.
Vocês querem que eu explique as mortes, enquanto as explicações que eu peço o coro não dá, é isso?
Por exemplo, isso das crianças do Instituto Benny Leonard. Como vocês chamam a condição delas? Uma criança com autismo. Com síndrome de Down. Um bebê com uma lesão no cérebro, alguma das vozes do coro teve de lidar com esse tipo de diagnóstico?

Quando um pai ouve do médico esse diagnóstico, sabe no que ele pensa? Não é só em cuidar da criança agora. Ele pensa em como a criança vai ser cuidada quando o pai não estiver mais ali. Quando a mãe não estiver mais, e não sobrar ninguém da família, porque na melhor hipótese a família morre antes da criança e a criança vive o máximo de anos.

Vocês querem falar dos mortos no hospital. Do país inteiro que sofreu pelos mortos, é isso? Mas o coro acha que é uma relação tão direta? Ou a minha escolha em dois mil e dezoito foi justamente o contrário, salvar vidas garantindo a viabilidade do instituto? O futuro das famílias dessas crianças, que hoje são como uma família para mim.

5.

Justamente, Davi. Nós do coro vamos falar das famílias. Das outras, da sua, é para isso que converge o seu discurso de dois mil e dezoito: os trechos melhores e piores, o episódio dos doze anos, até a parte sobre humor e tragédia.

6.

O coro não achou essa parte muito boa. A plateia de dois mil e dezoito talvez não tenha achado, porque não houve risos, nem choro, nem aplausos nesse trecho do discurso, mas importa é que ela concordou com você no final. E deu o dinheiro que você pediu. É esse dinheiro que definiu o futuro de quem estava ligado ao instituto, inclusive aqueles que você acompanha no hospital.

7.

Você não percebeu ainda? Não lembrou? Aqui mesmo, no quarto onde você encontrou a sua mãe. A Dona Rute espera você terminar o sanduíche e diz, eu sei que é ruim passar por isso. Você não está se divertindo no hospital, meu macaquinho, eu também não estou, mas é preciso seguir adiante. Você ainda precisa ir à Emergência, à Morgue, à Maternidade. Você precisa ouvir de novo o que disse em dois mil e dezoito, as palavras que eram minhas e passaram a ser suas, a história que era minha e você usou a seu próprio favor diante da plateia na seguradora, e como você acha que eu me sinto em relação a isso?

8.

"Querem saber como começa a história do Instituto Benny Leonard, meus amigos? Em termos de mentalidade. Imaginem um menino de doze anos. Eu não cheguei a conhecer os meus avós, o meu pai saiu de casa quando eu era bebê. Existem algumas fotos do meu pai, e eu sei alguma coisa dele porque as pessoas não conseguem sumir completamente, então eu poderia ter ido atrás dos detalhes, e eu posso fazer isso hoje se quiser, com internet dá para ter um relatório completo em cinco minutos, mas optei por deixar essa história para trás. O meu pai mudou de cidade e de família, e o que mais eu teria a dizer a respeito quase quatro décadas depois?

"Eu fiz essa escolha por muitos motivos, mas o principal foi a minha mãe. A Dona Rute era muito sozinha, era raro ela falar a respeito, eu conto nos dedos as vezes em que ela mencionou alguma coisa em relação a isso, e o dia na biblioteca foi o mais importante deles. A minha mãe me deixou ali, eu voltei para o recreio, tive o resto das atividades da manhã e da tarde no colégio. Às seis horas eu fui para casa, a minha mãe me levou, nós dois caminhamos sabendo que a conversa não tinha terminado ainda. Ela serviu o jantar, nós comemos ainda em silêncio, e só depois que eu terminei ela disse, eu já contei como foi o dia que o seu pai saiu de casa, como foi que eu descobri? Quer dizer, eu já sabia antes, a gente sempre sabe essas coisas, tem indícios, mas ele nunca teve coragem de me avisar diretamente."

9.

"A minha mãe disse, eu já contei como foram os meses depois que o seu pai foi embora? Você era um bebê ainda, um projeto de macaquinho, com olhar de bebê macaquinho para quem eu devia uma explicação. Eu me sentia engolida por perguntas do tipo, o que de fato aconteceu? Como falar do que aconteceu? Como sentir isso, porque falar disso era olhar para mim mesma e perceber o que o passado deixou ali?

"Acordar todos os dias era fazer essas perguntas. Eu deixava você na creche, e aí era ainda pior. Eu via nos colegas de trabalho a história que eles viam em mim. Eu via a piedade, o julgamento quando os outros falavam de qualquer outro assunto, embora o assunto estivesse ali como uma pedra, um bicho morto."

10.

"Para fugir do julgamento dos outros a gente precisa estar imune a esse julgamento. O que significa entender o julgamento, engolir os termos dele como se fossem uma coisa nossa. A minha mãe disse, nós devemos repetir para nós mesmos as palavras que julgam. Depois repetir para os outros. Eu descobri isso naqueles primeiros meses, e foi assim que eu comecei a me livrar da pedra e do bicho morto.

"A minha mãe disse, sabe por que estou contando isso só agora, Davi? Só hoje, quando descobri que você tem vergonha do sanduíche que faço para você. Você tem vergonha da nossa casa e da nossa vida, então é bom saber que teve um momento em que a sua mãe também sentiu vergonha. Eu só me livrei disso quando abracei a vergonha. Quando olhei para a vergonha sem desviar os olhos, e aí parei de ter medo, não, a vergonha faz parte de nós como a capacidade de superar a vergonha, uma coisa está ligada à outra, na verdade uma coisa é a outra."

11.

"A minha mãe disse, eu descobri que precisava superar a vergonha trazendo a vergonha para cada conversa que eu tinha. As pessoas diziam que ia chover e eu respondia, sabia que o meu marido saiu de casa? Ou melhor, o meu marido fugiu de casa. Ele poderia ter me avisado, talvez tudo desse na mesma no fim das contas, mas ele foi embora sem dizer para onde estava indo. Um dia eu voltei do trabalho e pronto, o apartamento estava vazio. Ele deixou um bilhete dizendo, não volto mais, desculpe, e foi assim que terminou um casamento com um filho bebê."

12.

"A minha mãe disse, eu tinha um filho bebê que precisava sustentar. Eu ganhava um salário de professora e era muito sozinha. Eu tinha medo de não aguentar a angústia de estar sozinha, de me entregar à angústia porque o chamado dela é sempre muito forte."

13.

"A minha mãe disse, eu tinha medo de fugir de casa. De deixar o bebê entregue ao acaso. De botar o bebê numa cesta, ir até a porta de algum conhecido ou à Santa Casa, com um bilhete igual ao que o seu pai me deixou. Eu tinha medo de escrever nesse bilhete, eu não volto mais, me desculpem, cuidem deste macaquinho por mim."

14.

"Eu tinha medo de ser obrigada a escrever esse bilhete, porque caso contrário eu faria algo pior. Eu deixaria o macaquinho dormindo no berço, iria até a cozinha e olharia para o forno. Sabe como uma cabeça entra pela porta estreita de um forno, Davi? Como fica o corpo depois, a posição para quem chega na cozinha e vê? Pense em quanto tempo demora para sentirem o cheiro de gás pelo prédio, para ouvirem um bebê chorando, para um vizinho arrombar a porta e entrar na cozinha e encontrar o corpo desse jeito, e depois ir até o quarto e encontrar o bebê no berço."

15.

"A minha mãe perguntou, você está espantado de me ouvir falar assim? Está com medo porque tudo pode se repetir? Porque eu posso decidir botar a cabeça no forno amanhã e deixar você sozinho no mundo? O que você acha melhor, deixar o medo dominar você ou olhar para o que sente sem desviar os olhos?"

16.

"A minha mãe disse, eu nunca mais pensei no seu pai, nem nas coisas horríveis que seguiram à fuga do seu pai, e por eu não ter mais pensado nisso você até hoje não tinha me ouvido falar sobre isso. Porque lá atrás eu esgotei o assunto para os outros e para mim mesma. Esse é o segredo, nunca deixe o assunto se tornar confortável para ninguém. Nunca deixe ele tomar as formas em que se torna confortável, piedade, gentileza, condescendência, entretenimento."

1.

"Eu tinha doze anos quando ouvi a minha mãe dizer isso tudo, e eu volto ao assunto agora, em seis de fevereiro de dois mil e dezoito. Eu estou chateando vocês, meus amigos? Talvez eu deva entreter o auditório, botar leveza no discurso. Um pouco de humor, quem sabe, uma piada ao estilo Woody Allen, falando da mãe judia que alimenta o filho e depois ameaça botar a cabeça no forno.

"Ou então eu transformo isso aqui num drama, numa tragédia ao estilo Steven Spielberg. Eu choro porque a minha mãe quase botou a cabeça no forno. Eu faço uma relação entre isso e os fornos na Polônia durante a guerra. E eu choro porque não tem acordo com o dono dos fornos, e vocês choram junto comigo, e talvez alguns tenham vontade de rir ao mesmo tempo, porque muita gente vê o choro como bom material para piadas.

"Tragédia e comédia, comédia e tragédia, é disso mesmo que é feita a sensibilidade judaica? Eu sei que é assim que muitos judeus ganham a vida em cima de um palco, atrás de uma câmera, um eterno espetáculo para o paladar do distinto público. Eles não cansam de explorar a fraqueza sendo eles mesmos um exemplo de fraqueza, porque a fraqueza deles continua eternamente engraçada ou trágica, atraente para os outros de modo que os outros não queiram que a fraqueza mude, enquanto a minha mãe... Ela, o Velho Uri, Benny Leonard, Yigal Amir. Nenhum dos quatro fez uma única piada boa na vida. Nenhuma plateia jamais teve pena deles. Todos eles incomodaram a plateia até o limite, e a partir daí é que anularam a chance de tudo continuar sempre igual, na mesma posição enfeitada por palavras para o gosto dos outros."

1.

Como medir o efeito das palavras: você termina o sanduíche, sai do quarto junto com a sua mãe, sai da ala dos quartos e chega a um corredor do hospital onde tem gente rindo, gente chorando. Woody Allen conversa com um pediatra. Steven Spielberg salva as crianças fazendo um acordo com Woody Allen. Um grupo de pessoas aplaude ambos, e entre as crianças salvas está um menino de doze anos, de camisa limpa, cabelo penteado. A Dona Rute diz, lembra quem ele é? Claro que você lembra. Foi por causa desse menino que me chamaram pela primeira vez na diretoria do colégio. A conversa que me fez começar a entender algumas coisas sobre você.

2.

A Dona Rute diz, eu passei anos sendo chamada na diretoria por sua causa. E assim eu também aprendi sobre um lado seu que não conhecia. Seria natural eu me orgulhar desse lado, porque isso tinha a ver com coisas que eu ensinei, histórias que também eram a meu favor, mas neste hospital isso tudo se volta contra nós.

Imagino que você já tenha percebido, Davi. Eu tenho quase oitenta anos, você não pode contar comigo por muito tempo. Você não pode contar com o seu sogro, que morreu antes de você fazer o discurso em dois mil e dezoito, nem com a sua sogra, que tem quase a mesma idade que eu.

A Dona Rute diz, a família que você formou só pode contar com duas pessoas no longo prazo. As pessoas são um pai e uma mãe. O pai se chama Davi e está na minha frente no hospital, e agora precisa ter uma nova conversa comigo. Há uma nova lição a ser dada, meu macaquinho, você está pronto para recebê-la?

1.

"A fraqueza não pode, meus amigos, ela não deve ser um espetáculo. No dia seguinte à conversa com a Dona Rute eu parei de comer na biblioteca. Eu atravessei o pátio na hora do recreio, sentei num banco ao lado da cantina e abri a merendeira. Eu tinha um colega, o Dodi, alguns de vocês lembram. O Dodi é uma pessoa respeitável hoje, um grande empresário brasileiro, a rede de varejo dele tem lojas em dezenove estados, e que pena ele não estar aqui para confirmar a história."

2.

"O Dodi perguntou se eu tinha trazido o sanduíche da favela. Eu morava num apartamento pobre, mas não na favela. Então eu disse ao Dodi, qual é o problema? Quer saber como a gente come, eu, a minha mãe favelada, os vizinhos? Eu abri o sanduíche e joguei o recheio na areia, e pisei em cima, e botei o recheio de volta no pão, aí eu mordi o pão e perguntei para o Dodi, por que você quer saber disso? Você tem alguma coisa contra favelados, quer que eu mostre o que se faz na favela com gente que nem você?"

3.

"Quer que eu cuspa a comida em você? Que cuspa no chão e esfregue a sua cara no meu cuspe? Quer que eu faça isso todos os dias até que a sua cara vire um caldo de areia e cuspe para sempre? A história correu o colégio, o Dodi deu as costas e nunca mais mexeu comigo, ninguém mais mexeu, e não foi só comigo porque a partir daquele dia eu comecei a proteger os outros. Eu defendi quem era fraco, quem era gordo, quem era feio e fazia xixi nas calças ainda aos doze anos, eu ajudei todos eles a fazer com os outros o que eu fiz com o Dodi, o show de incômodo que ninguém nunca tem coragem de assistir.

"O Dodi não era menor que eu. Pelo contrário, ele era até mais forte. Eu nunca tinha brigado na vida, e o mais provável é que ele me pegasse pela orelha, enfiasse meu nariz na comida que eu mesmo cuspi, mas em vez disso eu pensei, quer saber, tem uma coisa que só eu sei nesse momento. Eu sei o limite do que o Dodi pode fazer, então esse também é o limite do meu medo. Já o limite do medo do Dodi, bem, ele tem que olhar para si mesmo antes de descobrir. Olhar para mim, rolar na areia comigo para entender. Vocês acham que o Dodi teve coragem de fazer isso? Ou ele me deu as costas, saiu andando com a camisa limpinha dele, a vidinha de herdeiro que nunca subirá num palco para contar uma história como a minha?"

1.

"De uma coisa ninguém pode me acusar, meus amigos. Eu não estou fazendo firula em cima de um projeto que não tem a ver com a minha vida. Eu começo a lidar com isso por causa da minha mãe, porque ela me ajuda a entender o meu papel no mundo. Eu defendi muita gente naqueles anos depois da briga com o Dodi, a ponto de a minha turma ter sido a única na história do colégio onde nunca mais teve perseguição, nenhum covarde reinando em cima da humilhação alheia, e como separar isso do que estou pedindo para vocês hoje, em seis de fevereiro de dois mil e dezoito?"

2.

"A gente olha para o Instituto Benny Leonard, e não é disso que se trata? Existem crianças com autismo, com síndrome de

Down, com lesões no cérebro. As pessoas acham que essas crianças são formadas só pelos genes, mas no instituto nós botamos os genes em contato com o entorno. Nós tornamos as coisas visíveis, é assim que o trabalho começa."

3.

"Eu nunca quis que a gente tivesse uma sede. Ter uma sede é construir um gueto. O projeto sempre foi de afirmação fora do gueto, deixar as crianças no ambiente delas, na escola mais próxima e adequada para cada uma delas.

"Todas as nossas equipes são voltadas para isso. Nós temos médicos e professores. E fisioterapeutas, e psicólogos, e assistentes sociais. Se uma diretora de escola resolve que não quer abrigar uma criança nossa, os advogados entram em ação. Nós vamos à Justiça ao mesmo tempo que oferecemos a estrutura de cuidado dentro da sala de aula. Nós não podemos depender de uma escola sem dinheiro para pagar os profissionais, nem de uma família sem dinheiro e tempo para os cuidados que as crianças pedem.

"Nós não podemos depender só do acaso. Não é à toa que o instituto nasceu ligado à Benny Seguros, porque no fim estamos tratando é disso, um cálculo atuarial. As chances que temos para prever o amanhã. O pior cenário possível no caso de uma família disfuncional, ou que perdeu o chão pelo nascimento de uma criança assim."

4.

"A maioria de vocês tem filhos e sabe do que estou falando. Eu já estive nesse exato lugar, já me vi pensando nas piores hipóteses de futuro, tendo essas fantasias que a pessoa com um bebê desses em casa... Quando a Dana nasceu eu pensava muito na conversa dos doze anos, no que a minha mãe disse sobre botar ou não a cabeça no forno, levantar ou não a cabeça depois que algo caiu na nossa vida como um raio.

"Existem muitos tipos de raio. As pessoas têm nomes para isso, apelidos que elas usam mesmo que não seja em voz alta. Ninguém mais fala desse jeito no século vinte e um, não em relação a uma criança dessas. Hoje se diz que essa criança tem uma condição, uma identidade, e não mais um problema, uma deficiência, ou então aqueles nomes que as pessoas usavam cem anos atrás. Nomes trágicos, nomes cômicos. Qual a importância de um nome, seja ele dito pelo reitor de Harvard, seja dito por um de nós? Que importância nós damos ao que os outros pensam? Dane-se o jeito como querem ver e chamar a minha filha. Dane-se quem se botar no caminho da minha filha."

5.

"Quando a minha filha nasceu eu pensei, dane-se quem quer que eu ponha minha cabeça no forno. Dane-se quem não é forte para evitar botar a cabeça no forno. A minha filha é capaz de entender isso, mesmo com sete anos e as limitações que ela tem e sempre vai ter, porque ela olha para o pai e isso está ali, pode ser racional, instintivo, não importa.

"A Dana olha para mim e eu sei que ela vê muita coisa. Ela nunca vai poder dizer com essas palavras, mas eu sei que diria se pudesse. As chances não surgem muitas vezes na história, entender as que foram perdidas no passado é estar pronto para aproveitar as de hoje. Eu não sei como estará o mundo daqui a alguns anos, porque nós só temos os dados do momento para agir, mas eu sei o que é melhor fazer de acordo com os dados do momento, nós aqui, neste auditório em dois mil e dezoito. "Eu sei como a minha filha estará se nós tomarmos a decisão certa. Ela e o entorno dela. Quem cuida dela e de todas as crianças como ela, porque isso é uma ideia que nós vamos botar em prática hoje, a oito meses da eleição no Brasil. Eu já falei muito da minha mãe, agora vou falar um pouco da minha esposa, depois mais especificamente da Dana, mas no fundo tudo sempre volta para o início. São as primeiras palavras que eu falei aqui, quando começa uma guerra? Quando uma pessoa começa a morrer, aceita que vai morrer? Quando ela pode escapar e em vez disso sucumbe porque dizem que ela já está morrendo, que ela foi feita para terminar assim?"

1.

Os corredores do hospital são longos. A nova lição da Dona Rute começa assim. Davi pediu dinheiro para a plateia em dois mil e dezoito, e isso ajudou um grupo político na eleição daquele ano, e o grupo retribuiu a Davi quando chegou ao governo, porque um projeto como o que Davi comanda no Instituto Benny Leonard depende de isenções, de convênios com quem está no poder.

2.

A Dona Rute entende o que é o poder. Ela trabalha no instituto desde o início, e para isso fez cursos de educação para crianças como a neta, foi o modo de entender e estar perto da neta depois que o raio caiu em cima da família. A família aprendeu a ver no raio um sinal positivo, o brilho da dádiva que cobre o mundo: por exemplo, a pequena Dana como um sentido para a vida que alguém perto dos oitenta anos não encontraria mais.

3.

Como descrever alguém perto dos oitenta: a Dona Rute não está aqui no hospital para mentir. Ela não nega a participação que teve nas escolhas do filho. Nem o que isso trouxe também para ela: existe uma ligação entre as coisas, a história do forno, o Tov, a carreira de Davi, a ajuda que Davi passou a dar à mãe.

4.

A Dona Rute passou a morar num apartamento grande. O filho pagou todas as contas dela por décadas. Ela viajou, cuidou da saúde, fez o que gostava e comprou o que queria. A velhice dela foi a melhor possível até pouco tempo atrás, ao lado da neta, mas então as coisas mudaram e ela precisa conversar com o filho agora. Ela diz, sabe como a gente lida com a dor? Eu nunca escondi isso de você. Eu nunca fui condescendente, nem quando você tinha doze anos.

5.

A Dona Rute diz, eu lamento tanto, meu macaquinho. Eu estou aqui por causa da sua dor. Quando um filho precisa de ajuda, e você sabe disso porque é pai, nós nunca vamos deixar de fazer o que está ao nosso alcance. Então eu não queria discutir o passado, você pode ter certeza, só que tem coisas no passado que não temos como evitar. A Dona Rute diz, você sabe que não tem como fugir. A sua infância não deveria contar, mas conta. A sua carreira não deveria contar, mas o que eu posso fazer? Porque sem voltar a isso nós não voltamos a dois mil e dezoito, e sem dois mil e dezoito nós não chegamos ao presente, nem ao futuro. O futuro é uma pergunta, quem vai cuidar da minha neta? Quem é que sobrou na família? Olhar para quem sobrevive é lembrar de quem morreu. Estar diante da pessoa que morreu no hospital, acompanhar a morte dela desde os primeiros sintomas.

1.

Os corredores são longos. Um deles parece um campo de refugiados, aqui há gente que escapou de Harvard nos anos vinte, de Berlim nos trinta. Estão todos sentados em bancos, Davi, e conversam enquanto jogam pão aos pombos, e mal percebem que o seu colega Dodi foi trazido para cá numa maca. Ele tem a camiseta limpa, está tossindo, ao lado da maca há um tanque de oxigênio.
A Dona Rute diz, repare nos detalhes. No comprimento do tubo que sai do tanque, na volta que o tubo faz enquanto tentam botá-lo na boca do seu amigo. Não foi disso que você falou em dois mil e dezoito, estar ou não diante de um doente?
A senhora não precisa disso.
Testemunhar o que ocorre com um doente ou se distrair na praça?
A senhora não percebe a armadilha? Eu arrecadei dinheiro para um grupo a favor de Israel, não um grupo com a suástica na

73

bandeira. Eu fundei uma entidade que ajuda crianças como a minha filha, não uma clínica que mata pessoas. Eu nunca neguei as mortes. Nunca fiz pouco-caso delas. Eu fiz uma escolha na eleição de dois mil e dezoito, a senhora pode dizer que foi a escolha errada, o coro pode dizer, mas por que precisamos ir além disso? Por que eu preciso voltar a este hospital junto com a senhora?

2.

O coro botou a senhora na minha frente para que eu sofra de novo, e veja a senhora sofrendo comigo, mas por que só nós? Muita gente no mundo erra, ou não erra, e segue a vida sem passar pelo que estamos passando aqui.

Eu não vou pagar pelas coisas boas que nós fizemos. Eu tenho orgulho que a senhora trabalhe no instituto por causa da minha filha. Que tenha virado outra pessoa por causa dela, assim como eu virei. O instituto devolveu a alegria para crianças como a Dana, as famílias estavam destruídas, tanta gente que renasceu com o nosso trabalho.

Essa é a única coisa que eu peço. Deixem eu responder pelo que fiz, não pelo que não fiz. Eu não mereço que o coro busque até a minha mãe para me chamar de monstro. Já chega todo o sofrimento que eu passei. Eu lembro desse sofrimento, a senhora pode ter certeza, só que não preciso lembrar do jeito que o coro quer que eu lembre, dá para entender?

3.

Dá, meu macaquinho. Mas não foi o coro que me trouxe aqui. São as suas próprias palavras, os temas do seu discurso na seguradora em dois mil e dezoito. Olhar para alguém numa clínica, olhar para alguém no hospital. Não desviar o olho enquanto a pessoa tosse, enquanto tentam botar um tubo na boca dela. A Dona Rute pergunta, o que sente quem vê a pessoa morrendo? Há diferença entre ver e apenas ouvir a notícia da morte, é isso?

4.
Ouça a Dona Rute, Davi. Tudo começa na descrição do que você vê. O nome das peças em volta de um tanque de oxigênio, a garganta onde se tenta botar o tubo. A tosse enquanto a tentativa dá errado: o que é morrer na madrugada seca do hospital, no deserto gelado até a última gota de ar.

5.
Nós deixamos o seu colega Dodi para trás. As pessoas no corredor agora têm nomes mais conhecidos. Nós cruzamos com Joe Choynski e Kid Kaplan. Com Yigal Amir se exaltando com a parede, com Yitzhak Rabin torcendo o próprio braço.

Nós cruzamos com pessoas que você não reconhece pelo rosto, mas sabe quem são ao ouvir os nomes: o ativista Mordechai Anielewicz, o general Simão Bar Kochba, o escritor António José da Silva.

Eles todos estão tossindo. A Dona Rute está ao seu lado e explica o que acontece com uma pessoa que não consegue parar de tossir, os instrumentos usados para tentar reverter o quadro. Laringoscópio. Bolsa. Balonete. Filtro.

6.

Davi não pôde ver isso antes, então vamos ver juntos agora: nós abrimos uma porta, entramos numa ala cheia de macas, o ar-condicionado a todo vapor na madrugada seca. Davi olha para a mesinha ao lado de uma das macas. Há um par de luvas nela. Um vidro de Fentanil, um de Rocurônio. Um vidro de Propofol, um Bougie, um Plástico de Barreira. A Dona Rute olha para o filho e pergunta, você imaginou que seria assim? Desse jeito exato, meu macaquinho, com todos os detalhes?
Eu nunca entrei neste lugar.
Não, mas alguém entrou.
Eu nunca estive numa Emergência.
Não, mas você esteve ao lado, na sala de espera. Você ficou lá aguardando o médico, a notícia que ele daria, lembra como foi? Lembra das palavras que o médico usou, os termos técnicos para descrever um procedimento na Emergência, o que aconteceu enquanto faziam o procedimento no lugar onde você está agora? Na madrugada, com o deserto gelado na traqueia e no pulmão?

7.

Ouça a sua mãe, Davi. O que você vai ver é uma tentativa, e tentativas às vezes dão errado. Na linguagem técnica isso define o fracasso do que se chama Sequência Rápida de Intubação, um protocolo para tentar salvar quem chegou à Emergência com uma queda aguda no oxigênio, enquanto na linguagem do testemunho… Na percepção que você tem agora e aqui, como é mesmo que se chama isso tudo?

O doente morre por falta de ar.
Certo.
O doente busca o ar, e o ar não vem.
Certo. E você passou muito tempo imaginando a cena. Um tubo que entra errado pela garganta. Que desce errado pela traqueia, e não libera o ar para o pulmão no tempo devido.
Tantas noites que você não conseguiu dormir pensando nisso. Você trancava o ar para entender como é, quanto tempo uma pessoa aguenta até ter uma parada respiratória.
Você imaginando esse número, Davi. Uma hora até a parada. Meia hora. Cinco minutos. Um minuto.
Quarenta segundos, pode ser? Os últimos quarenta, do um ao décimo quarto, a intensidade desse intervalo na madrugada de uma Emergência. A notícia a respeito, dada pelo médico que agora caminha até nós.

8.
O médico dará a notícia por meio de uma demonstração.
Por favor, vocês também não precisam disso.
O médico pede para Davi alcançar o par de luvas para ele.
Por que vocês fazem questão disso? Eu estava na sala de espera. Eu torcia para o médico aparecer e torcia para não aparecer. Eu não queria notícia nenhuma da Emergência porque assim não teria notícia ruim.
Eu mudei a minha vida por causa disso. Eu pensei que ia morrer também por causa disso. Eu não conseguia dormir porque só pensava na morte, e o que mais vocês querem? A morte de manhã, de tarde, de noite. No quarto, na sala de casa, no jardim.

9.

O coro quer que eu diga mais o quê? Que eu também não sabia mais se estava morto ou vivo. Vocês me fazem voltar a isso como se fosse possível eu sair do vazio. Quando eu volto, só existe o vazio. A sensação de nada. O nada em cima do nada.

10.

Nós sabemos, Davi. Mas ainda estamos no campo da retórica, a defesa que é fácil de fazer retoricamente, tanto que você está fazendo. O problema é seguir no testemunho. Prestar atenção no protocolo. O médico veste as luvas, pede que você segure a bolsa. Que prepare o Propofol, a medida de Rocurônio. O médico pede o laringoscópio, e você agora conta os segundos enquanto ele tenta botar o tubo. O intervalo de quarenta segundos. A pessoa na Emergência, o lapso até a parada porque o tubo entra errado, e tem que ser posto de novo, e entra errado outra vez. Quer começar a contagem, então? Um. Dois. Três. Quatro.

Qual é a sensação de olhar para quem acaba de entrar no lapso? Cinco, seis, a pessoa se debatendo, e então mais uma tentativa errada: sete, oito, nove, dez. Onze, doze, treze, catorze.

O que você sente quando vê alguém se debater porque o ar está acabando? Quinze, dezesseis, dezessete, dezoito: qual a diferença entre ficar sabendo disso e ver isso?

Dezenove, vinte. Vinte e um, vinte e dois. Quando o ar está nas últimas gotas antes da parada, Davi...

Por favor.

Vinte e três, quatro, cinco, seis.

Por favor, eu peço.

Vinte e sete, oito, nove, trinta. Trinta e um. Trinta e dois. Trinta e três. Trinta e quatro.

Trinta e cinco: falta quanto agora? Mais alguma pergunta, uma palavra de defesa diante do corpo que se debate? Trinta e sete. Trinta e oito.

Trinta e nove. O corpo da sua esposa. O bipe contínuo da máquina. O nada em cima do nada.

1.

Tanto tempo sem dormir por causa disso. Você lembrando disso: as suas próprias palavras na Benny Seguros. Caros colegas, colaboradores e amigos.

1.
O seu discurso para a plateia de amigos. A sua biografia. A ida ao hospital às pressas, três anos depois do discurso. A sua esposa levada para a Emergência.

1.

Lia sem conseguir respirar. A tentativa de salvar Lia. A segunda tentativa. A contagem até trinta e nove.

1.
O décimo quarto segundo. A parada respiratória. A morte da sua esposa, comunicada pelo médico. O nada em cima do nada.

1.

"E quando é o contrário, meus amigos, a pessoa decide que não vai morrer como querem que ela morra? São as palavras que falei desde o início da noite, só que agora aplicadas a mim e à minha esposa. Eu sei o que dizem sobre eu ter casado com a filha de um homem rico. Eu nunca neguei que isso estava lá desde o início, porque eu sabia quem era o Velho Uri, mas o destino não se limita a uma diferença tão objetiva. O pacote que a pessoa aceita quando decide entrar numa família não se limita a contar dinheiro."

2.

"Eu não estou sendo falsamente modesto. Eu fui um bom aluno de direito, poderia ter sido juiz ou promotor, ou um advogado com clientes importantes como vocês. É verdade que o Velho Uri me ajudou em muitas coisas, mas indo um pouco além disso… Porque em algum nível de conforto material eu estaria sem isso, então a questão é, sabendo o que sei hoje, em seis de fevereiro de dois mil e dezoito, eu preferia ter ou não cruzado o meu caminho com o caminho da família dele?"

3.

"Eu comecei a namorar a Lia no colégio. Alguns de vocês foram meus colegas e sabem, no final do pátio tinha um ginásio, debaixo da arquibancada tinha um depósito, e talvez isso soe banal, um homem da minha idade falando do primeiro beijo que deu na vida. Talvez soe ridículo eu lembrar dos detalhes, essas coisas que as pessoas lembram quando isso acontece, a luz, o cheiro. A luz era do fim da tarde. O cheiro era de cimento misturado com perfume de baunilha. "Nós dois éramos monitores no Tov. O depósito era onde se guardava a rede de vôlei. Até ali eu só podia saber do passado e do presente, a Lia era um ano mais nova, e além de herdeira da Benny Seguros ela era bonita, e inteligente, e eu gostava de olhar para ela e conversar com ela, então não é difícil ficar inebriado. Não é difícil embarcar no futuro por causa dessa intuição, mas a bagagem que uma pessoa leva para dentro da vida da outra não se limita ao sentimento imediato."

4.

"Depois que fui apresentado ao Velho Uri, uma das primeiras coisas que ele disse foi, não interessa o que você sente ou não sente. Eu não duvido que você esteja apaixonado pela minha filha. Eu diria até que você está, porque dá para ver nos seus olhos, mas você sabe que amor sozinho nunca bastou para nada.

"O velho disse, o amor é só uma enzima. Uma glândula que sobe a temperatura do corpo, e aí você transforma isso numa palavra e acha que resolveu o problema repetindo a palavra por aí que nem idiota. Você acha que eu, por exemplo, no meu casamento de décadas, adiantaria eu só deixar a glândula falar por si?

"O velho disse, o que eu fiz pela minha família você está vendo. A minha casa, a minha empresa. Cada dia para construir isso desde que eu era um vendedor de apólices. Cada vez que o despertador tocou e eu podia ficar mais uma hora na cama, e em vez disso penteei o cabelo, e botei uma camisa decente, e um sapato para não parecer mendigo na frente da clientela."

5.

"Nas primeiras vezes que fui à casa do meu sogro, eu achava que estava sendo apresentado a ele. A Lia falou sobre mim e a minha mãe, mas na verdade o velho já sabia de tudo. Ele dava dinheiro para o colégio, se interessava pelos professores, pelo conteúdo que era tratado em aula, história do mundo, história de Israel, história do Brasil.

"Ele sabia do desempenho dos bolsistas, das notas boas que eu tirava. Das brigas que tive, das reuniões em que propuseram que eu fosse expulso. Nessa conversa sobre amor e enzimas ele disse, eu simpatizei com você desde que soube da sua história. Eu também fui pobre, também passei a vida dando pontapé nos outros em nome do que acreditava, mas só isso não basta, você sabe. Porque a vida não é um concurso de simpatia.

"O velho disse, o trabalho precisa continuar sendo feito. No fim é isso que conta, vale para o estudo, os negócios e a família.

Só dá para dizer que você se importa com uma pessoa depois de dar expediente por ela, todos os dias vestindo a camisa e o sapato. Se importar é enfiar a mão no esgoto, se comprometer com o esgoto se for preciso, e você vai ser capaz de manter isso ao longo dos anos? De estar ao lado da Lia no fundo do fundo de tudo? Se algo ruim acontecer a ela, por exemplo. Se um raio cair na vida dela, porque os raios sempre caem, ninguém tem como escapar, eu, você, qualquer um."

1.

"Já faz alguns anos que o velho se foi. Ele já estava doente quando a neta nasceu, mas bem antes disso ele conseguiu tirar as dúvidas sobre mim. A Lia perdeu dois bebês antes de engravidar da Dana, e eu estive sempre ali. A segunda vez foi ainda mais dura, ela entrou num período que... Para mim o luto era uma dor que vinha de fora, e para a Lia isso estava no corpo, era o corpo. O sangue que dá a notícia da perda correndo pelas pernas. Os hormônios que entram em pane antes, durante e depois.

"Entre a segunda gravidez da Lia e o nascimento da nossa filha foram quase dez anos. A Dana nasceu com uma lesão no cérebro, foi uma complicação no processo do parto. A Lia estava na cozinha, subiu numa cadeira para pegar alguma coisa em cima do armário, e então a placenta descola e você tem o resto da vida para pensar a respeito.

"Você tem o resto da vida para lembrar que dois bebês perdidos antecedem um bebê com a condição da Dana. Que o seu corpo é o veículo em comum entre essas coisas. E não adianta quem está ao lado dizer o contrário, argumentar que placentas descolam, e médicos somem, porque ninguém atendeu quando a Lia ligou para reclamar de dor na cozinha de casa, não, nenhum consolo banal adianta nessa hora."

1.

"A minha esposa sempre foi mais religiosa que eu. Ela se formou em psicologia, depois trabalhou na seguradora e no instituto, e isso sempre andou em paralelo com o que dá para chamar de espiritualidade, ou de ação no esgoto. Porque no fim das contas é isso, meus amigos, o fundo do fundo de tudo. Como a Lia aceitou que a condição da filha nada tinha a ver com o corpo da mãe? Se a minha esposa pudesse voltar no tempo, teria feito algo diferente? E se eu pudesse voltar, se estivesse de novo na porta do depósito embaixo da arquibancada, eu escolheria entrar e sucumbir ao futuro que estava esperando por mim também? Ou eu escolheria não ir em frente, e não provar meu amor pela minha esposa, todos os dias como prometi para o pai dela, o que tornou a vida mais rica num sentido que vai muito além do dinheiro?"

2.

"Nós não culpamos o médico que sumiu, nem o médico que estava de plantão e fez o parto da Dana. Qual seria o sentido disso, provar que eles cometeram erros, se é que cometeram? Ganhar uma indenização num processo? Mudar as condições que me fizeram ser quem sou, e por isso estar em cima deste palco? Se mudarem as condições, muda a natureza do trabalho. E mudar a natureza do trabalho é mudar o jeito como você ama.

"Se a placenta da minha esposa não tivesse descolado, eu não amaria a minha filha do jeito como posso descrever aqui. Porque existem ações que comprovam essas palavras. O Instituto Benny Leonard é a prova, cada dia de expediente lá é o amor que sinto pela Dana, que é o amor que sinto pela Lia, que é todo o amor que sou capaz de sentir. O limite do amor que existe no mundo. O mundo inteiro que é esse amor.

"No dia em que eu ou a Lia morrermos, e um de nós ficar sozinho para cuidar da Dana, porque a Dana sempre vai precisar de cuidados por mais que tenha feito tratamentos desde que nasceu, nesse dia não é só uma pessoa que vai sobreviver. É um imperativo. Eu não teria conhecido a dimensão infinita disso se a minha filha não fosse exatamente como é. É assim que ela transformou o modo como eu e a minha esposa somos. A Lia fez o caminho pela via da religião, eu fiz pela via da política, mas existe mesmo separação entre as duas coisas? Quando você está dentro do esgoto e aparece um barco, vai torcer o nariz se ele vem com motor ou um par de remos?"

1.

A Emergência fica perto da Morgue, no mesmo setor do hospital. Os corpos são deixados na Morgue de um dia para outro, Davi lembra disso, enquanto é preciso lidar com a burocracia do cartório, do cemitério. Naqueles dias tudo foi ainda mais excruciante, os enterros eram só para as pessoas próximas, todas usando máscaras e distantes entre si.

2.

Davi assinou os atestados. Tratou com o responsável no cemitério. Recebeu as pessoas no enterro, fazia sol, a voz do rabino era baixa. O rabino ditou uma prece, cortou um pedaço da camisa de Davi, é o ritual que simboliza o coração despedaçado dos que ficam. Outros rituais já tinham sido cumpridos: dar um banho em Lia, vestir o corpo de Lia com uma roupa branca, botar uma pedra na boca de Lia para ela não passar a eternidade contestando a própria morte.

3.

Davi disse adeus à esposa em frente ao caixão fechado. Nesse momento a fé judaica diz que a alma ainda está muito próxima ao corpo, quase visível, palpável, como se pudesse ser retida na forma de um osso ou fio de carbono. Depois é que a matéria vira outra coisa: Davi voltou para casa, é quando a alma toma a forma monótona do tempo. As noites se repetem, e o escuro opaco é o mesmo quando se tenta dormir e não consegue. Quando se sai do quarto mais uma vez, e a sala de casa está no mesmo lugar, assim como o jardim, as luzes da piscina.

Davi olhava para a piscina: o que aconteceria se o tempo não tivesse parado? Isto é, se o jardim voltasse a ser um jardim, e a piscina voltasse a ser uma piscina, a água que sai pelo ralo e vira chuva que cai na terra e vira planta de novo?

4.

Quando Davi parava diante da piscina, o gosto que sentia era o do dia do enterro. Da náusea pelas semanas depois do enterro. Em seis de fevereiro de dois mil e dezoito, ele arrecadou dinheiro para um grupo concorrer às eleições no Brasil. Três anos depois, já no poder, o líder do grupo fez uma transmissão na internet.

Foi logo depois da morte de Lia. O líder costumava elogiar a morte, contar a história do país sob o ponto de vista dos assassinos, e isso não evitou que Davi o apoiasse pelas razões que explicou na seguradora, mas naquela transmissão de internet foi diferente: alguém falou sobre as pessoas que estavam morrendo no hospital, e então o líder riu fazendo o som de alguém sem ar.

5.

O som era gutural. Davi voltou à cena muitas vezes, ele já tinha visto gente chamando os mortos de fracos, de mentirosos, e promovendo festas e passeatas, e gargalhando ao lado dos assassinos enquanto o céu queimava em fogos de artifício, mas foi ali que as perguntas mudaram de forma. Davi se perguntava, quem são essas pessoas afinal? Quem sou eu quando me olho no espelho depois de ver o que essas pessoas fizeram?

É possível refazer as perguntas nos termos do discurso de dois mil e dezoito. Por exemplo, quando pensamos na tragédia e na comédia, nas piadas em cima do sofrimento nosso e dos outros. Qual a diferença entre rir de alguém sem ar e ser responsável por alguém que fica sem ar? Entre dar dinheiro a alguém que ri de alguém sem ar e ser responsável por todos que ficaram sem ar?

Qual a diferença entre história do mundo e história individual? Entre um discurso que fala da história do mundo a partir de uma história individual, e para isso o palestrante usa como gancho a biografia da mãe, da esposa e da filha, e os efeitos desse discurso na vida dessas mesmas pessoas?

6.

Muita gente viveu os mesmos anos que Davi depois do discurso. Alguns perderam familiares, outros ouviram histórias e piadas sobre as perdas que se acumularam, mas é possível que ninguém tenha tido a impressão direta que Davi teve: os anos para comparar palavras, ligar os pedidos de dois mil e dezoito a cada morte que acontecia. A morte que Davi está vendo de novo no hospital: no discurso de dois mil e dezoito ele falou da mãe, e a mãe agora se despede depois de nos levar até a Morgue. Falou da esposa, e a esposa agora está na frente de Davi, dentro da Morgue.

Ao olhar para o corpo de Lia, Davi lembra de conversas que os dois tiveram muitas vezes. Os dois iam à sinagoga no Dia do Perdão, e Lia explicava que a palavra hebraica normalmente traduzida como arrependimento na verdade significa retorno. A pessoa volta ao momento em que a essência boa se torna ruim. A pureza a um instante de ser corrompida: assim também se entende o mecanismo que instala o mal.

Como uma gargalhada em cima de mortos tem início? Talvez quando um governo a favor da morte se torna responsável por cuidar da vida. Talvez porque o cuidado vira uma extensão da burocracia. E então a miudeza burocrática, os papéis que servem para comprar remédios falsos, e atrasar a compra de vacinas e respiradores, e fazer propaganda contra médicos e enfermeiros que lutam contra uma doença desconhecida e fatal, finalmente se volta contra aquilo que você foi a vida inteira.

1.

Os últimos quarenta segundos de Lia: talvez o mal tenha se instalado quando Davi ainda achava que era inocente. Ou talvez muito antes ele já soubesse que estava comprometido. Num caso ou outro é preciso enfrentar as sombras: voltar ao momento em que elas se instalam e dizer, eu quero ficar mais um pouco aqui. Viver de novo esse momento, até que cada detalhe seja lembrado e entendido.

2.

Tirar das sombras a energia, o sentido para recomeçar: mesmo que Davi esteja exausto, perplexo diante do que acaba de ver na Emergência e na Morgue, é preciso deixar a inocência para trás.
Tudo bem, eu já entendi.

Lia está de olhos fechados. O hospital já foi cenário de muitas coisas ruins, mas também de momentos assim: o milagre de um beijo, quando se deixa de ser inocente. Como num depósito embaixo de uma arquibancada, ou na cama fria da Morgue. Davi retira a pedra que foi posta na boca de Lia. Os lábios de Davi tocam de novo os lábios da esposa.
Eu já entendi que nada do que eu disser vai adiantar. Porque vocês do coro querem uma confissão. Vocês querem que eu passe por tudo de novo até confessar, é isso?

3.

Por que vocês estão fazendo isso? Eu aqui na Morgue, e de novo a sensação do nada. O nada em cima do nada, e vocês ainda não estão satisfeitos. Porque eu preciso endossar a posição de vocês. Que não é só a posição de vocês, e não se aplica só ao meu caso.

4.

O coro acha que sou idiota. Que não enxergo o sentido maior disso tudo, por favor, como se eu não tivesse estudado o assunto a vida inteira. O momento em que o mundo era bom e belo, e o momento em que deixou de ser. O fato decisivo nessa mudança. A palavra que foi dita, ou que não foi dita, ou então o gesto. O beijo. A doação de dinheiro.

5.

Tanta gente agiu exatamente como eu em dois mil e dezoito, mas o coro acha que eu sou diferente. O maior morticínio do século vinte e um começa dois anos depois do meu discurso, em dezenas de países, e só eu que estou sendo acusado por isso. Porque existe uma agravante na minha escolha antes da eleição, uma falta de senso histórico que se aplica ao meu caso, é isso?
Segundo o coro, o mundo era bom e belo e ficou ruim porque eu subi num palco. No palco eu me dirigi a uma plateia. Eu abri o coração para a plateia, e deixei ela se envolver com a minha história, tudo para no final pedir um apoio político que traía o meu próprio povo.
Eu traí a história dos judeus, desprezei o que nós passamos ao longo dos séculos, é isso que vocês querem que eu diga? Eu que não aprendi nada com a perseguição dos romanos. Com a Inquisição. Com os pogroms do século dezenove, o nazismo, os últimos cinquenta anos no mundo e no Brasil. Segundo vocês do coro, eu esqueci que quem esteve no lugar da vítima deve sempre procurar o lugar da vítima. E esse lugar é sempre claro, e quem não enxerga está ao lado dos torturadores e assassinos.

1.

O discurso que fiz antes da eleição não é o que o coro queria ouvir, mas é o único que eu podia dar porque era o único que se aplicava naquele momento. O lugar da vítima só existe dentro da história. Olhem para o que aconteceu com os judeus do Irã nos últimos cinquenta anos. Com os judeus da Síria, de qualquer país da Cortina de Ferro.

2.

Nós estamos falando do mesmo período. De cinquenta anos para cá, no Brasil, o coro já pensou em como seria se o poder tivesse ficado com quem ataca Israel? Com quem usa Israel como argumento antissemita. Com as associações comerciais, os partidos, os grupos terroristas que estão aí até hoje fazendo esse tipo de coisa.

3.

Nós tivemos um regime militar no Brasil, que na verdade foi uma guerra, e as guerras sempre têm dois lados e sempre têm excessos. Mas olhem para o resultado do excesso. O número de mortos reais e o número que poderia ter sido. O número de pessoas torturadas no Brasil nos anos setenta, o número em outros países.

4.

Na época do regime os judeus foram um povo autônomo no Brasil. Nas décadas seguintes também, até hoje. Nós tivemos e temos liberdade religiosa, liberdade de reunião, direito de entrar e sair do país com nossa família e patrimônio, não é isso que importa no fim?

5.

Eu nunca disse que o grupo que apoiei era santo. Eu nunca fui a favor da morte de graça. Vocês não vão me ouvir elogiando a morte, podem rodar o meu discurso quantas vezes quiserem. O que vocês vão ouvir é eu dizendo, existem duas alternativas em dois mil e dezoito. Uma delas oferece um caminho mais seguro para nós judeus. Foi só nisso que eu pensei, em nós, mas para o coro eu não tenho direito de pensar em nada fora do estereótipo.

1.

Para o coro, um judeu nunca vai ter esse direito. Se estamos reunidos para arrecadar dinheiro, isso é uma conspiração. Se existe uma conspiração de judeus, ela acontece para espalhar o mal. A guerra, a peste.

2.

É o caso Dreyfus de novo, os Protocolos dos Sábios de Sião. Qualquer judeu que queira escapar do estereótipo será punido nas regras do estereótipo. Se um judeu precisa de castigo, o coro manda ele para a cruz romana, a fogueira da Inquisição, a câmara de gás. O coro tira o oxigênio dele, ou então o obriga a ver a própria esposa sem oxigênio, olho por olho, a peste para quem espalhou a peste. A tortura para quem votou na tortura, aprendeu a lição, Davi Rieseman?

3.

Como o coro se sente ao fazer comigo o que me acusa de ter feito com os outros? Afinal, o que é esse passeio no hospital senão uma imensa sessão de tortura? Quantas vezes eu mereço ver isso? Quantas vezes a Lia merece passar por isso, porque ela também estava na Emergência, também está aqui na Morgue?

4.

Vocês me trouxeram ao hospital para eu confessar que sou Davi Rieseman. O judeu que ajudou na tortura e na morte da própria esposa. Que ajudou isso a se espalhar pelo país, a tortura e a morte que não teriam acontecido se não fosse um discurso pedindo votos por causa da questão judaica, é essa a confissão que vocês querem? Se o coro sabe que eu não posso voltar na história, e pensar lá atrás com os dados que tenho hoje, de que adianta eu dizer que errei ou me arrependo? Isso vai servir para quê, além de confirmar o que o coro pensa sobre quem eu sou, sobre o povo que vocês querem que eu represente?

1.

Nós não dissemos nada disso, Davi. O coro não quer confissão alguma. Se estamos tratando de judaísmo aqui, é porque o seu discurso de dois mil e dezoito tratou desse tema. Se achamos que isso serve para discutir tortura e morte, é porque antes de nós quem achava era você.

2.

Ou não era? Por exemplo, a relação entre tortura, morte e o Dia do Perdão. As etapas do percurso espiritual que um judeu precisa fazer antes desse dia de luto: primeiro o retorno, depois o apego, depois a justiça. Você pensou muito a respeito por causa da morte da sua esposa: o retorno é ao momento de pureza original. Apego é olhar para quem criou a pureza.

3.

O apego a deus é o desapego a si mesmo. A ligação com o que está além do corpo, o entendimento de como superar os limites do corpo, sair da armadilha dos sentidos, soa familiar?

4.

Nós do coro também conhecemos história. Nós sabemos do caso Dreyfus, dos Protocolos dos Sábios de Sião. Nós podemos falar dos romanos e dos inquisidores, e dos pogroms e dos campos de extermínio, e da inviabilidade da experiência humana em todos os tempos e lugares.
Nós podemos falar de lugares como o Paraguai, a Argentina e o Brasil. Houve golpes de Estado no Brasil, o que você chama de guerra, o dia a dia da guerra nas delegacias, nas salas de tortura. Nós sabemos o que é tortura, Davi. O que você está vendo nós vimos também. O que a sua esposa passou muita gente antes dela teve que passar, uma longa contagem até quarenta: depois contar de novo, e de novo, e de novo.

5.

O que o judaísmo diz sobre isso: nós só estamos repetindo perguntas que são suas. Qual a diferença entre quem morreu e quem está vivo? Entre quem sentiu dor e quem não sentiu, quem foi torturado e quem não foi?
Quer uma piada judaica em cima disso, Davi? Uma de mães dramáticas, quem sabe? Ou uma sobre aquelas esposas judias bravas que dão bronca no marido? Você fez toda uma carrei-

ra falando em superar os limites do corpo, e para isso discursou usando os exemplos que podia na história do mundo, do Brasil e de você mesmo, mas o que essa crença diz sobre uma sala de tortura? Quem saiu do próprio corpo durante os quarenta segundos em que o tempo parou?

6.

Uma confissão não muda o que aconteceu, você está certo nisso. Você está confuso pelo que testemunhou na Emergência e na Morgue, e seguirá confuso porque ainda há testemunhos pela frente no hospital, mas no fim você perceberá o que pode estar além da confissão. Retorno, apego, e enfim justiça: mesmo dentro da Morgue, um segundo depois da tortura. Se há uma voz que surge da repetição, o timbre dela também pode ser de mudança. A voz diz, eu sei quem você é. Você está diferente. Você até parece igual, Davi, mas alguma coisa não consegue mais ser como antes.

1.

Davi dá um beijo em Lia, e ela abre os olhos na Morgue. O milagre em meio ao nada: o nada em cima do nada, até que o mundo recomece a girar.

2.

Lia reconhece o marido, primeiro uma imagem, depois o que não está na imagem. Ela diz, eu sei quem você é. Você está diferente. Você até parece igual, meu amor, mas alguma coisa não consegue mais ser como antes.

3.

Lia diz, você sabe o que eu penso disso. Eu já expliquei tantas vezes como descobri tudo na religião. Eu perdi dois bebês antes de ter a nossa filha, e me senti tão culpada, como continuei me sentindo depois que a nossa filha nasceu. O meu pai morreu nessa época também, e a culpa se confundiu com o luto. A culpa virou o luto, e o luto virou a culpa, mas então eu entendi uma coisa. A nossa filha sobreviveu ao parto por um motivo. Ela podia ter morrido como os dois bebês que vieram antes dela, mas aí houve essa nova chance.

4.

Ouça a sua esposa, Davi. A culpa, o luto, o que fazer com a nova chance. Soa familiar?
O coro pode ficar quieto um minuto que seja? Deixem a Lia falar. Essa é a oportunidade que ela tem, vocês conseguem ao menos respeitar isso?
A minha esposa acaba de morrer sem ar. Eu acho que ela merece ao menos esse respeito de vocês. Ela tem direito de falar o que quiser porque ainda está brava comigo.
Lia diz, eu não estou brava.
Está.
Não estou.
O seu papel aqui é me dar uma bronca.
Isso não faz nem sentido, meu amor.
E eu entendo a bronca, porque você está sofrendo de novo neste hospital, e acha que isso acontece porque... O que eu não entendo é outra coisa. O coro não vai me fazer engolir essa conversa, como se repetir o sofrimento fosse uma lição sobre justiça.
A única coisa que quero aprender é como pôr um ponto-final no sofrimento. Como dizer adeus e deixar a minha esposa em paz. Como ficar eu mesmo em paz, porque eu não consegui depois daquela noite. Eu ouvi o médico dar a notícia, e tive que voltar para

casa enquanto a minha esposa dormia na Morgue, vocês conseguem imaginar o que foi e está sendo ainda?

5.

Lia diz, eu sei. O coro sabe também, meu amor. Mas dizer que alguém de nós está bravo não faz sentido a essa altura. Você sofre por mim, e eu sofro mais ainda por você. O sofrimento é pensar no tamanho da sua tarefa desde que voltou para casa naquela noite. Eu estava na Morgue e pensava nisso, acredite. Eu sabia que você se sentiria morto também, e que a sensação de morte pode ser um conforto. A morte passa a ser um remédio para dormir. Você não conseguiu dormir por muito tempo, até descobrir o poder de uma pílula, duas, três, e eu sei que as coisas podem virar apenas isso. Eu sei que você pode confundir isso com alívio, por não ter que pensar na tarefa que deixei para você.

6.

Eu voltei a este hospital para lembrar você da tarefa. Você pode tomar quantas pílulas quiser, ter sonhos por causa das pílulas, enxergar e falar com quem quiser durante os sonhos, mas nada disso é ponto-final nenhum. Porque o ponto-final só pode ser dado quando você está lúcido, quando decide abrir os olhos para valer.

Não adianta usar palavras vazias, meu amor. Confessar é inútil, você tem razão, se a confissão não se transformar em outra coisa. Depois do retorno existe o apego, e depois do apego a justiça. A palavra hebraica usada nesse caso não quer dizer caridade, dar o que é seu e receber um elogio de volta, porque isso qualquer pessoa rica é capaz de fazer. Justiça é entender que nada material é seu. É redistribuir o que nunca foi seu. É entender que deus criou as coisas, e que você está vinculado a deus por isso, então quando você repara o que tirou dos outros na verdade põe de volta o que devia estar lá desde sempre.

Lia diz, você notou que todos os verbos que usei são de ação? Reparar. Redistribuir. Mas os efeitos da ação não acontecem aqui, em meio aos mortos. São as pessoas vivas que esperam lá fora. Os funcionários do instituto. Os amigos que ouviram o seu discurso em dois mil e dezoito. Os seus aliados de antes, os que podem ser aliados agora.

1.

Lia diz, a nossa filha é a sua maior aliada. Mas ela tem uma noção de tempo diferente. Uma noção de tempo e de ausência, é nisso que eu sempre penso desde que morri.

2.

Eu penso, como o meu marido vai explicar tudo para a nossa filha? Quando a Dana ouve uma palavra que faz referência a tempo e ausência, como ela transforma isso na linguagem que consegue entender e expressar?

3.

Eu tenho tanta saudade dela, Davi. A minha bebê com a boca enorme. Ela abria aquela boca enorme, e mesmo assim não conseguia falar direito. Ela nunca conseguiu, mesmo depois dos tratamentos todos. Não a mesma língua que você e eu falamos, as palavras que eu repito aqui porque você passou a vida inteira dizendo.

4.

Você reuniu os amigos em dois mil e dezoito, e falou de força e fraqueza, e de tragédia e comédia, e do dinheiro que define isso tudo no fim. Os seus amigos ouviram e aplaudiram o discurso, mas você já pensou no motivo? Eu acho que já. Foi por isso também que você se sentiu morto. Você começou a se perguntar o que os seus amigos viram de verdade na sua fala. O motivo de eles gostarem da sua retórica, dessas histórias que você repete desde a época do colégio.

5.

Por que eles saem de casa para ouvir tudo mais uma vez? Lia diz, você começou a se perguntar isso sabendo a resposta. Os seus amigos entendem o que estão acostumados a entender, concordam com o que querem concordar.

Você fez todo um discurso sobre ser incômodo, mas você nunca foi um incômodo para ninguém. Você caiu nessa armadilha tantas vezes, achar que dizia a sua verdade quando estava dizendo a verdade dos outros. Você achou que tinha convencido os seus amigos, mas foram eles que convenceram você muito antes. É fácil aplaudir uma história de orgulho quando o orgulho é o orgulho que a plateia já tem. Quando a coragem é de decidir o que a plateia quer que o palestrante decida.

6.

Lia diz, os seus amigos deixaram você fazer isso por eles. Você tomou para si o peso da decisão, conforme eles esperavam que você fizesse. Você fez esse papel de preposto, ou de bobo, e onde estão os seus amigos agora? O que você recebeu deles nos meses, nos anos depois do meu enterro?

7.

Lia diz, é muito fácil ser solidário formalmente. Ir de máscara a um enterro, dar um abraço no viúvo, lamentar a falta de sorte de um viúvo tão jovem, e um minuto depois a vida já voltou ao normal.

Eu fico triste porque vida normal é saber que nenhum amigo vai entender o que você passou. Todo dia você lida com esse vazio diante da nossa filha, e em troca quer receber o quê? O amor infinito dela? Aquilo que ela expressa como ninguém, a única linguagem que ela entende e fala?

Lia diz, eu quero que a nossa filha entenda o que aconteceu com a mãe. E entenda o que o pai está passando por causa da mãe. E ajude o pai a mudar o que é possível, diante dos amigos que continuam almoçando com ele, sorrindo, indo a festas. É disso que você quer que eu fale? É isso que você chama de bronca, meu amor? Mas por que seria bronca eu dizer que me importo, e que você deveria se importar também, porque é só isso que a nossa filha espera?

1.

"O barco vai seguir em frente no esgoto, não importa se com motor ou com remos. Eu queria encerrar a noite com essa imagem, meus amigos, porque ela une as pontas que nos trazem até este auditório, neste dia de dois mil e dezoito. Não é por acaso que eu comecei lembrando o Velho Uri, depois a sociedade com o pastor Duílio."

2.

"O cristianismo fala de perdão, e na igreja tradicional isso é Jesus dando a outra face, mas para o pastor interessa é quem está do outro lado da história. A igreja dele olha para quem não quer perdão de graça, porque não adianta chorar por um indulto vindo das nuvens, nem achar que depois da confissão em lágrimas vamos ficar em paz. Na igreja o pastor lida com gente alcoólatra, gente que roubou e matou, gente que sentia um vazio sem fim por causa de abandono ou depressão. O perdão para o ex-detento é bater ponto às cinco da manhã. Para o ex-viciado é repor o que estragou na vida dos outros."

3.

"Jesus era judeu, mas nós judeus não somos a parte fácil de Jesus. Eu não quero truque com peixe, criminoso perdoado de graça. O Jesus que me interessa é o que enfrentou o poder, e isso é trabalho diário, pesado, caminhar sobre as águas não é nada perto de remar para sair do esgoto.

"Os nossos dois mil anos de diáspora mostraram que essa é a única saída, então dá para fazer um paralelo entre os exemplos da igreja e o que está próximo de nós judeus. A sociedade com o pastor é boa no sentido político, porque ele nos ajuda a ter contato com os contatos dele no poder, assim como eu ajudo o poder dele a ter contato com pessoas como vocês, e isso é bom para deixar a imagem dele mais aceitável, mais respeitável entre quem financia os projetos todos, mas existe uma afinidade ainda mais profunda, filosófica se quisermos chamar assim."

1.

"Como vocês chamariam a ideia de agir no presente para redimir erros do passado? O Velho Uri nunca falou em perdão, essa não era uma palavra do vocabulário dele, mas eu penso se essas coisas não se misturam por trás de tudo que fizemos juntos. O meu sogro sempre disse que Israel é mais do que um território ou exército. Cada centavo que damos para a segurança do Estado judeu é a defesa de uma ideia mais ampla, a de que também devemos algo a quem morreu por essa bandeira.

"Existem vítimas que não tiveram escolha, vítimas que tiveram e fizeram a escolha errada, mas para nós interessam aquelas que escolheram fazer a coisa certa até o fim. Se não fossem essas pessoas, nós não seríamos um povo autônomo para nos juntar a outro povo autônomo. Eu falei de Benny Leonard e Yigal Amir, mas dá para lembrar de tantos outros judeus assim. Mordechai Anielewicz, ativista morto no levante do Gueto de Varsóvia. Simão Bar Kochba, general decapitado pelos romanos. António José da Silva, escritor queimado pela Inquisição."

1.

"Dá para lembrar Rabi Amnon, que recusou uma conversão forçada em Mainz. Samuel Schwartzbard, que matou o responsável por pogroms na Ucrânia. Moshe Jaffe, que desacatou ordens dos nazistas em Minsk.

"Uma coisa é chorar pelo passado, e isso inclui as vítimas. Outra é encontrar na história das vítimas aquilo que podemos continuar fazendo, continuar sendo em nome delas. Se eu atravessar a rua e encontrar um neto de Moshe Jaffe, ou um descendente de qualquer judeu que lutou pela liberdade que uso hoje, como mostrar a ele que me importo com esse legado, que nunca serei omisso quanto a ele?

"E se eu encontrar o próprio Moshe Jaffe, junto com os outros mortos? Como num sonho, que só vira pesadelo se eu não entender a mensagem. Eu quero honrar os mortos, seguir lutando a luta deles, então eu quero que eles digam para mim, como eu digo para vocês esta noite, meus amigos, qual é o tamanho da tarefa que temos. Quanto nós vamos doar para que a tarefa seja cumprida? A resposta daqui por diante é com vocês. Desculpem eu ter me estendido tanto. Obrigado pela presença, o jantar será servido agora."

1.

Davi e Lia saem da Morgue. Os dois caminham devagar pelo hospital, ela no ritmo de quem terminou de ser acordada por um beijo. Ela disse as primeiras palavras, e levantou da cama, e agora se juntará aos outros mortos que falarão sobre a tarefa de Davi.

2.

Lia e Davi caminham em direção à Maternidade. No trajeto uma pessoa cumprimenta os dois, ela se chama Olga Benario, e outra pessoa está mais adiante, ela se chama Gisella Perl. A primeira foi entregue à Gestapo quando estava grávida, a última salvou presas de Auschwitz que corriam risco de vida por causa da gravidez.

Lia acena de volta para as duas, e elas se juntam a nós do

coro. Elas cumprimentam Mordechai Anielewicz, Simão Bar Kochba e António José da Silva. Também Rabi Amnon, Samuel Schwartzbard e Moshe Jaffe.

3.

Nós somos muitas vozes no coro. Iara Iavelberg, caçada e morta pela polícia brasileira em setenta e um. Maurício Grabois, executado pelo exército brasileiro em setenta e três. Vladimir Herzog, torturado e morto em setenta e cinco.

4.

Davi ajudou os assassinos de Herzog, os filhos e netos deles, os aprendizes e funcionários que chegaram ao poder em dois mil e dezoito, então agora precisa ouvir os mortos. A voz de nós judeus que estamos mortos é a lembrança das mortes ao redor de Davi. É a descrição do comportamento dos amigos de Davi, do que os amigos seguem pregando anos depois do morticínio: os mesmos patronos nos mesmos encontros, o mesmo dinheiro que financia quem torturou e matou. A mesma facilidade de dar as costas a cada morto, afinal é preciso acordar de manhã e ir ao trabalho: ainda existem as contas a pagar, a casa, a empresa.

5.

Muita coisa aconteceu desde a morte de Lia. Primeiro falaram muito sobre o morticínio, depois pararam de falar. Primeiro houve espanto com a destruição pós-morticínio, depois o espanto virou cansaço, e o cansaço virou esquecimento que virou rotina. Afinal o país tem bancos, fazendas, indústrias e redes de varejo que precisam abrir as portas todos os dias, e o poder tem seus ocupantes de turno que depois dão lugar a outros ocupantes.

O que é estar no poder? Vestir o uniforme do líder ou ver as próprias ideias espalhadas a cada esquina? Esse tipo de coisa não termina depois que começa, uma energia é liberada quando se abre a tampa da história. Os cacos chegam a todas as dimensões da vida: notícias que se empilham, vozes estridentes que geram o mesmo efeito de silêncio.

6.

A sua esposa está certa, Davi. A sua tarefa daqui para a frente é quebrar o silêncio. Concentrar a voz na conversa com os amigos que pagam os almoços, que sorriem para você em festas.

Eu não vou a festa nenhuma.

A sua tarefa é dizer aos amigos o que a sua esposa diria se estivesse lá.

A minha esposa pode falar por si mesma. Ela também está aqui, não está? Eu saí muito pouco nos últimos anos. Eu só vou até o instituto porque o instituto precisa funcionar. Nós temos reuniões, papéis, você sabe disso, meu amor.

Lia diz, eu sei.

Eu sou responsável pelas crianças, famílias e funcionários. Ser responsável é lidar com a burocracia.

Eu sei.

Eu lido com burocracia e reuniões, e vou a almoços e eventos que sou obrigado a ir, mas eu nunca mais fiz nada além disso. Eu não dei mais discurso nenhum. Não como o de dois mil e dezoito, os meus discursos agora são comuns.

7.

Lia diz, eu sei. O coro sabe. Mas será que as pessoas que estão vivas sabem também, meu amor? Porque os amigos continuam os mesmos, os aliados ainda trazem dinheiro para o instituto, e você ainda recebe elogios por dar discursos comuns sobre um projeto tão elogiável.

Você ainda é o líder judeu Davi Rieseman. O homem corajoso e caridoso que infelizmente perdeu a esposa durante o morticínio. Você deixou que a imagem se fixasse, e ganhasse o mundo como se você não tivesse nada a ver com ela, e eu sei que tem até um conforto nisso, porque não é preciso lidar com as coisas que deixaram você assim.

8.

Lia diz, eu entendo você guardar a tristeza. A raiva que tem dos outros e de si mesmo. A culpa, a sensação de impotência, mas não é hora de dar um ponto-final nisso, em nome da única pessoa viva que importa? Se o que você sente não vem a público, meu amor, o efeito prático é a mentira. E a nossa filha sente o peso da mentira, a toxidade dela no corpo do pai.

Você precisa se livrar da toxidade, porque ela não deixa que o luto acabe. A nossa filha não está brava com você, assim como eu nunca estive, mas ela sabe a diferença entre o pai de antes e o pai de agora. Ela não fala a língua que nós falamos, não entende o tempo e a ausência como nós entendemos, mas consegue sentir a diferença entre estar vivo e estar morto em vida.

1.

Lia diz, existe um jeito de deixar o luto para trás. Já que você gosta tanto de datas, o Instituto Benny Leonard foi fundado em dois mil e catorze. Nós estamos em dois mil e vinte e quatro, são dez anos de história, e haverá uma comemoração, e você pode subir ao palco de novo. Você pode falar para os seus amigos o que realmente tem vontade. O que a nossa filha espera desse novo discurso, o que o pai dirá para voltar a ser o pai de antes?

2.

Lia diz, as pessoas têm curiosidade sobre a Dana. Sobre como é ser mãe de uma criança como ela. A minha resposta sempre foi, é como ser mãe de qualquer criança. Eu fui mãe das duas crianças que perdi, porque elas estiveram dentro de mim. Elas comeram o que eu comia, respiraram o mesmo ar que eu, então elas foram eu como eu fui elas pelo tempo que isso durou. Eu continuo sendo a Dana, porque a Dana continua viva.

As pessoas podem achar que isso é um delírio, mas o que é um delírio perto da morte? E por que uma pessoa morta não pode dizer a verdade? Você prefere viver essa verdade, Davi, conversando com quem está morto, ou seguir como se a verdade não existisse porque não quer contá-la aos vivos?

Lia diz, já está chegando a minha hora. Eu vou sumir como a sua mãe sumiu, e você continuará no hospital até decidir o que dizer no novo discurso. Você comunicará a decisão ao coro, e o coro dirá o que pensa a respeito, e depois o coro vai sumir também e restarão apenas você e a nossa filha. E então você viverá a verdade com ela, meu amor, dentro e fora deste hospital, você está pronto para isso?

3.

Davi e Lia estão a caminho da Maternidade. Houve o milagre de Lia abrindo os olhos na Morgue, e agora acontece o segundo milagre: por causa do beijo de Davi, a barriga da esposa começa a crescer. Por isso ela anda em câmera lenta, não é fácil lidar com o inchaço nas pernas, o peso nas costas.

Na Maternidade tudo parece diferente. O segundo milagre se estende ao hospital, as paredes foram pintadas, tudo agora tem aspecto de novo. Há uma nova maca, um novo tanque de oxigênio, e a despedida entre Davi e Lia será feita assim. O médico ajuda Lia a deitar na maca. Davi põe a mão no bolso, ali há um novo par de luvas. Um novo vidro de Propofol, um novo de Rocurônio.

4.

O médico diz que Lia está pronta. A bolsa já estourou, as contrações estão em ritmo acelerado. O médico põe o laringoscópio na boca de Lia, empurra o tubo até a traqueia, o tubo agora está na posição correta, assim como a placenta.

Segure a mão da sua esposa, Davi. A outra mão você põe na testa dela, depois na barriga, assim dá para sentir o suor e a temperatura enquanto o médico segue o procedimento. Cada vez que Lia expirar você vai expirar junto. Cada vez que ela fizer força você fará força também. Você vai sentir o que a sua esposa sente nos músculos, nas entranhas que expulsam o calor e a gravidade: o ar e o muco, a gordura e a fibra.

Você vai sentir em cada poro. Contando de novo até quarenta, mas agora como se estivesse na pele da sua esposa, que é a pele da sua filha como se a sua filha fosse capaz de contar.

Como se a sua filha entendesse o tempo, Davi: um, dois, três. Quatro, cinco, seis.

Sete, oito, nove. Dez. Vinte. Trinta.

Trinta e sete, trinta e oito, trinta e nove. O quadragésimo segundo, quando a sua filha é tragada pela luz. Você olha para a sua filha pela primeira vez, e para a sua esposa pela última vez, e tudo é um imenso cansaço e no fim do cansaço existe mais cansaço, mas existe o choro de alegria também. O alívio, o desabafo. O som que traduz uma frase de recomeço: caros colegas, colaboradores e amigos.

1.

Nós estamos em dois mil e vinte e quatro. É aniversário do Instituto Benny Leonard, e haverá um novo discurso, e nesse discurso Davi tem a chance de falar de alguns números. Todos na plateia saberão do que se trata, porque todos fizeram os pagamentos em dois mil e dezoito: as digitais são visíveis, Davi tem o registro delas em cada extrato bancário.

1.

Nós estamos na Maternidade. Davi pensa no discurso de dois mil e vinte e quatro enquanto segura a filha recém-nascida no colo. O tema do discurso tem a chance de ser: a relação entre a morte de Lia e a lembrança de cada extrato. A lista dos doadores que Davi tem no bolso, a chance que ele tem de entregar a lista para a Receita Federal. A chance de procurar a imprensa, de divulgar o esquema ilegal de campanha: a empresa que Davi contratou para isso em dois mil e dezoito, a mentira que se espalhou por milhares, milhões de celulares antes da eleição.

1.

Nós estamos ao lado de Davi no hospital. Ele pensa no novo discurso, e na raiva que sente dos amigos, e na raiva que sente de si mesmo, mas a raiva se mistura a uma dúvida. Davi acha que fazer a denúncia seria prejudicar o Instituto Benny Leonard. Seria pôr em risco o bem-estar das crianças, das famílias, afinal elas dependem de doações futuras como sempre dependeram no passado, então qual é a vantagem de ser tão radical? De se deixar levar pelo fígado, enquanto nenhuma das mortes pode ser revertida?

1.

Mais que isso: Davi estaria envolvido na denúncia. Ele sabe que também pode responder à Justiça, mesmo que o crime esteja prescrito, porque a partir do crime se abrem outras portas: inquéritos, procedimentos de devassa fiscal. As coisas realmente se sobrepõem, fígado e culpa e medo de fazer algo porque seria apenas piorar o cenário, então a imobilidade vira o futuro: Davi segue amigo dos amigos, e eles seguem elogiando Davi, e Davi não é imune aos elogios porque é a única coisa que ele tem agora.

1.

Isso tudo é triste, nós sabemos, mas o fato é que só restou uma coisa a Davi: o antigo mundo em que ele viveu. Davi é o que é por causa dos amigos. As memórias que ele tem são memórias em comum com os amigos. O ambiente onde ele é respeitado é o mesmo que os amigos frequentam, então Davi acaba preso à mesma pergunta filosófica.

2.

Davi se pergunta, filosoficamente: será que havia mesmo como saber? Ou seja, adivinhar o que aconteceu com Lia. Antecipar a ligação entre uma transferência bancária em dois mil e dezoito e a morte por uma doença que nem existia na época.

3.

Aonde essa pergunta leva, Davi? A um futuro mais otimista, depois de você perdoar os amigos e a si mesmo? Você se deixa levar por esse outro conforto, a ideia de que fez o que podia nas circunstâncias, assim como seus amigos fizeram, e então todos conseguem deixar as coisas ruins para trás, incluindo a morte, a culpa e a vingança?

1.

Nós entendemos o seu dilema, Davi. Os seus amigos são uma boa desculpa para não fazer nada, assim como o Instituto Benny Leonard, assim como as perguntas filosóficas que levam a um futuro sem morte, culpa e vingança, mas você sabe que a verdade é outra.

2.

Por exemplo, o instituto não está realmente ameaçado. Você pode doar seu próprio dinheiro para as crianças. Os seus amigos podem seguir doando, mesmo se você não estiver mais à frente do projeto. Porque sempre dá para ter alguém igual a você nessa função: alguém igual ao que você era até a morte de Lia, defendendo os valores que eram e são os mesmos dos doadores, dizendo as coisas que faziam e fazem os doadores sorrir diante do líder de ocasião.

3.

Há muitos tipos de sorriso, Davi.
Tudo bem, vocês não precisam continuar.
Muitos tipos de líder.
Vocês são os sabichões irônicos do hospital, parabéns. O coro acha que é tudo uma questão pessoal. Que só penso em mim mesmo, mas não pode existir um motivo maior? Será que tudo é sempre tão mesquinho, tão vaidoso e covarde?

4.

O coro acha que é neutro nessa discussão. Como se vocês não tivessem a mesma origem que eu. Como se o problema que eu enfrento não fosse de vocês também, das gerações que vieram depois de vocês.
Querem que eu faça um escândalo, é isso? Que suba ao palco da seguradora e acuse judeus de sonegar, de serem cúmplices de torturadores e assassinos? Querem que eu aproveite e me inclua na denúncia, e corra o risco de ir preso, e me imole como judeu diante da opinião pública que só está esperando por isso?
No que isso vai nos ajudar, a mim, ao coro de judeus, aos descendentes judeus do coro? Fazer um grupo de empresários judeus virar bode expiatório, atrair para ele a raiva de todas as pessoas que sofreram, das famílias que perderam gente no morticínio, é isso mesmo que o coro propõe?

5.
Não, Davi. O coro nunca sugeriu um escândalo. Nós também sabemos ser pragmáticos, então ninguém precisa ir para a cadeia. Você não precisa ser agressivo, ofensivo, nem se sacrificar junto com os seus amigos na plateia, porque isso seria perder a ajuda que a plateia ainda pode dar numa dimensão além das suas dúvidas pessoais.

6.
Na verdade, nada aqui é tão pessoal quanto parece. Por isso nós vamos propor outra coisa. Você abre o novo discurso elogiando os amigos, diz que é agradecido pelo que os amigos fizeram em dois mil e dezoito, só que é preciso fazer mais em dois mil e vinte e quatro: você fala em retorno, em apego, em justiça, e explica que no recolhimento do luto descobriu que é preciso entender, ajudar uma causa tão importante quanto o Instituto Benny Leonard.

1.

Você diz que tem a lista dos doadores de dois mil e dezoito. E que conta com esses nomes agora. E que tudo continuará sendo feito com segurança, discrição quanto a números, contas bancárias, o que cada um na plateia se dispõe a doar em dois mil e vinte e quatro.

2.

Você talvez ache que isso é chantagem, mas há outro jeito de ver as coisas. A chantagem às vezes é um bom negócio. Os doadores de dois mil e vinte e quatro resolvem tudo com dinheiro, discretamente, sem que os nomes de dois mil e dezoito sejam divulgados, e ainda por uma causa importante: uma ajuda às famílias de quem morreu no morticínio, a lembrança de que essas famílias existem.

3.

Nada impede que o instituto siga funcionando. Nenhum escândalo envolvendo judeus vêm à tona. Enquanto isso, um novo projeto sai do papel: uma nova fundação, associação, organização não governamental de ajuda às famílias. De memória dos familiares mortos. De preservação da memória histórica a respeito de quem morreu, dizendo quando aconteceram as mortes, onde, como, por quê.

4.

Não foi disso que você passou a vida falando, o poder que as ideias têm mesmo quando são expostas para três ou quatro pessoas? Você mostrou como uma ideia pode se espalhar, até que as três ou quatro pessoas se tornem o país inteiro, o mundo inteiro. Uma ongue que conta uma história. A história tem raízes na política. A política se espalha pela imprensa e pelos celulares, de um jeito oposto ao que aconteceu em dois mil e dezoito, e você dá uma prova ainda maior de que acredita no projeto: você doa um centavo para cada centavo que arrecadar entre os amigos. Dois centavos, quatro centavos. Você dobra o dobro do dobro, numa espiral até se desfazer de todo o patrimônio que tem em excesso. Você desiste de deixar uma herança de luxo para dez gerações. Você deixa só o suficiente para a sua filha viver cuidada, amada como vem sendo.

5.

Você se torna outro tipo de exemplo, Davi. E segue aparecendo na mídia, a sua nova imagem correndo o país e o mundo:

quem é esse líder que convenceu os amigos patronos? Que hoje olha em paz para a filha, e presta ajuda às famílias que tiveram perdas no morticínio? Qual a etnia desse líder, a cultura, a religião que move alguém que abriu mão da riqueza em nome de um bem coletivo?

Eu vou tentar explicar de novo.

A história de quem morreu, que é a história do morticínio. A história do morticínio, que é a história da tortura. Que é a história de nós do coro, que é também a história dos judeus. Ou de uma parte dos judeus. Existem muitas partes, Davi, como você mesmo disse em dois mil e dezoito, e a mais importante delas está precisando de você agora. Porque você já esteve do outro lado, e agora tem autoridade para fazer o que o outro lado nunca fez nem fará sozinho.

1.

Eu vou tentar explicar de novo. Vou ser mais didático se vocês ainda não entenderam. Digamos que eu faça o que o coro está pedindo. Vocês pedem que eu fale das mortes, e as mortes voltam a ser assunto por causa dessa ongue, associação, não importa como vocês queiram chamar, mas o que acontece depois?

2.

Sendo mais didático, então. Perguntem sobre o sentido da palavra morte no Oriente Médio. O sentido da palavra tortura. Perguntem para quem teve um parente morto num ataque terrorista, quem foi sequestrado, quem sofreu estupro.
   Pergunte para qualquer judeu, ou então para um árabe mesmo. Alguém com um avô desterrado, morto durante a criação de Israel. Alguém que teve o braço torcido, e passou por um interro-

gatório enquanto a cidade onde mora leva dez mil toneladas de bombas.

3.

Isso não é uma questão moral. Eu nunca neguei crime nenhum. É só ouvir o discurso de dois mil e dezoito, ali eu digo que o mundo é uma lista de crimes, e nós judeus apenas nos antecipamos. Nós entendemos a natureza do mundo antes de todos os outros povos. O mundo é o que restou das cidades evacuadas, dos campos de extermínio, das doenças espalhadas de propósito. A criação de Israel foi a chance de mudar essa história, nós aproveitamos como os árabes ou qualquer outro povo teria aproveitado, então o que há de tão incomum nisso?

4.

Vocês querem que eu espalhe uma ideia, mas que ideia é essa, exatamente? Olhar para a história, fazer um acerto de contas com quem fez o que todos fizeram, é isso? Como isso se aplica a Israel no ano de dois mil e vinte e quatro? E ao Brasil?

5.

Sabem quem se preocupa com Israel no Brasil de hoje? Não é quem quer debater o morticínio. Não é quem acha importante lembrar da tortura na história brasileira. É o pastor Duílio. São os meus amigos da vida toda. A aliança que defende Israel continua sendo a aliança de dois mil e dezoito.

6.

O coro de judeus acha que eu posso ser um novo líder judeu. Que ter passado pelo que passei me dá autoridade para mudar de lado, e ter mudado de lado me dá mais autoridade ainda para atacar o lado onde eu estava antes, mas aí eu insisto na pergunta, aonde esse ataque vai nos levar? Esqueçam Davi Rieseman e seu ego. Esqueçam Davi Rieseman e sua raiva, sua culpa. Pensem nas outras pessoas afetadas pela proposta de vocês. A minha filha, por exemplo, vocês não percebem que esse também é o problema? E que também é por causa dele que não consigo sair do lugar?

1.

Não, Davi. Quem não foi didático ainda, não o suficiente pelo jeito, fomos nós do coro. Nenhum de nós está negando o tamanho do seu problema. Mas não foi você que disse isso em dois mil e dezoito? Quem olha para o infinito acaba não fazendo nada hoje. Se o coro olhasse só para o infinito, estaria até hoje nas salas de tortura.

2.

A morte numa sala de tortura é o infinito, quarenta segundos que nunca param de acontecer, mas a história tem o poder de deixar esse infinito para trás. Nós do coro somos um exemplo, não? Nós morremos por causa dos torturadores, de quem os apoiou e financiou, mas não ficamos presos a essas pessoas. O legado que nós deixamos não se resume ao que essas pessoas quiseram fazer de nós.

3.

Ao que você quer passar o resto da vida preso? A que pessoas e ideias? Se você acha essas perguntas ingênuas, e já que você falou na sua filha, pense nas dificuldades dela. Na história dela desde que nasceu, e ela estar aqui é a prova. Ela ter sobrevivido, quando a expectativa para casos como o dela é de poucos anos.

4.

Você mesmo mostrou isso para a Dana. Você se apegou aos limites que podia, primeiro ajudar a sua filha a comer, a se vestir, a entender os estímulos que fazem parte do trato com uma criança assim. Você mostrou que antes de cada limite existe outro limite menor. E superando cada limite menor você vai deixando o grande limite para trás.

5.

Dá para sermos mais generosos, todos. O coro reconhece que Davi é um bom pai, então está na hora de Davi reconhecer o que o coro oferece a ele. Aqui no hospital nós podemos dar esse presente a Davi: fazer a filha dele entender o discurso de dois mil e vinte e quatro, dizer o que acha das palavras do pai, conversar com o pai sobre o futuro como ninguém em lugar nenhum conseguiu até agora.

1.

Você segura a sua filha no colo. Ela é um bebê tão bonito, o mais bonito da Maternidade. Essa é uma das vantagens de estar aqui, não? Porque aqui as regras são outras, o que vale no hospital não vale no mundo lá fora.

2.

No hospital não há nada de errado com Dana. Pelo contrário, ela se desenvolve sem constrangimentos. Dana recém nasceu e você mal aguenta o peso dela, Davi. Se você tirá-la do colo, ela imediatamente começa a andar.

3.

Nós saímos da Maternidade, e Dana já está caminhando.

O tempo se acelera como só é possível num terceiro milagre: os músculos da sua filha parecem fortes, o tônus é o esperado para a idade que ela tem agora, e você sabe que a parte motora acompanha a parte intelectual. Faz menos de uma hora que o parto aconteceu, mas a sua filha já tem treze anos. Ela caminha com autonomia porque a cognição dela é avançada, perfeita.
Uma última coisa.
Na saída da Maternidade há um corredor. É o último corredor a percorrer. Dana segue caminhando, ela dá adeus ao coro, nós também vamos nos despedir porque daqui por diante é uma conversa entre ela e o pai. Vocês vão seguir juntos até a porta de saída. Vão discutir o que muitos países fizeram em casos semelhantes ao de Israel, ao do Brasil. Países que passaram por guerras externas, guerras internas, e conseguiram acertar as contas com a história passo a passo, um limite de cada vez: a Irlanda, a África do Sul, a Alemanha.

4.

Países que encontraram as palavras certas para acertar as contas. São as palavras a serem ditas para a sua filha, para os seus amigos, para todas as pessoas com quem você falará a partir de dois mil e vinte e quatro. Nelas há ódio ou amor? Fatalismo ou esperança? Choro ou riso? Ou tudo pode se misturar, Davi? Não é essa a definição do humor judaico? Misturar as coisas para conseguirmos lidar com o infinito. Histórias de mães. Histórias de marido e esposa, de pai e filha. O infinito cuida de si mesmo enquanto rimos e choramos com as perguntas sobre o infinito.

5.

Uma última piada então. Pai e filha ainda no hospital. Os dois olham para a porta de saída, e o pai sabe o que há do outro lado: não um coro de mortos, e sim uma comunidade de vivos esperando por uma nova liderança. Ao pensar no novo papel que pode assumir, o pai entende a piada onde foi posto: um lugar de onde só vai sair se abraçar a angústia. Se fizer da angústia um recomeço. A velha angústia judaica: é ela que dará força ao pai desta vez, ao contrário do que o pai pregou a vida inteira.

6.

Tudo se repete, Davi, mas pode haver coisas novas na repetição. Só falta caminhar alguns metros. Depois abrir a porta da saída. Será a última vez que você fará isso? Ou teremos que voltar ao início do passeio? Será que você será obrigado a isso, desde a porta de entrada do hospital, você encontrando de novo a sua mãe, a sua esposa, a sua filha que agora consegue dizer o que o pai precisa ouvir, todo o sofrimento mais uma vez até você entender a atitude que precisa tomar?

1.

É a última coisa que vou dizer, eu prometo. Porque a Dana que vocês trouxeram aqui não é a Dana de verdade. Eu não quero uma adolescente que ouça um discurso adulto e entenda, que participe de um debate adulto sobre política e história.

2.

Eu não quero perfeição nenhuma, muito menos o que o coro chama de perfeição. Vocês acham que eu quero a minha filha sendo essa outra pessoa, tendo um desenvolvimento normal para ter conversas de gente normal, mas o que significa essa palavra, normal? Vocês acham que eu não consigo me comunicar com a Dana há treze anos?

3.

O coro resolveu me dar uma lição sobre a minha própria filha. Eu ouvi todo o sermão de vocês, então agora vocês vão terminar de me ouvir. Quando uma criança tem lesão cerebral, existem maneiras de falar e ser ouvido. Dá para usar desenhos, gestos, toques, estímulos de som. As palavras que a Dana consegue repetir, as frases que ela aprendeu porque sabe o efeito que a frase causa, o conjunto disso tudo é uma técnica. Uma linguagem, um sistema gramatical.

4.

A técnica ajudou a minha filha, mas nada ajudou mais do que eu estar ali e querer ouvir o que ela diz, saber que ela quer ouvir o que eu digo também. A vida da Dana é estar cercada por equipes de ajuda, é brincar com os coleguinhas da maneira como consegue, as equipes e os coleguinhas estarão hoje no lugar onde estavam ontem, e amanhã no mesmo lugar de hoje. Essa é a noção de tempo que ela tem, a noção do mundo que é uma noção de cuidado e de amor.

Tudo que a minha filha entende passa por amor. E amor para ela significa que a rotina será mantida. Vocês podem dar sermão à vontade, mas não vão eliminar esse fato. A minha prioridade sempre vai ser essa, não importa o que eu penso, o que eu deixei de pensar sobre qualquer assunto que não seja esse.

5.

A Dana sabe que o pai mudou. Eu não estou negando isso, mas importa é o que eu vou fazer a partir disso. E a prioridade é não mexer no que é a ordem do mundo para a minha filha. Eu sei que ordem é essa. Eu observo essa ordem desde o nascimento dela. Vocês falsificam a minha filha aqui no hospital, e não percebem que estão falsificando o mundo lá fora também?

6.

Como o mundo costuma tratar aquilo que vocês querem que eu seja? Vocês já olharam para a história, encontraram exemplos de pessoas que renegaram as crenças, que traíram os amigos, chantagearam quem sempre deu ajuda? Pensem em pessoas comuns. Não vale citar grandes heróis. Não vale citar Jesus Cristo. Eu sou judeu, mas não sou e nem quero ser Jesus Cristo.

7.

Eu não tenho forças para me tornar mais do que sou. Todas as minhas forças estão voltadas ao bem-estar da minha filha, e o bem-estar da minha filha é o Instituto Benny Leonard, e o Instituto Benny Leonard é a aliança política que tornou possível que ele exista. Então arrumem outro mártir para a causa de vocês. Outra pessoa que aceite viver o resto da vida sendo desprezada, cuspida pelas pessoas que hoje cuidam tão bem da Dana.

8.

O coro nunca se preocupou com essas pessoas. Entrem um dia na casa delas. Não precisa ser a casa de um banqueiro ou industrial. Não precisa ser a casa do pastor, ou de algum médico, dentista, fisioterapeuta do instituto. Entrem na casa de um funcionário nosso qualquer. O porteiro. A moça que ajuda na limpeza.

9.

Entrem na sala de uma das famílias que atendemos. Famílias não judias, olhem para os móveis ou o que está pendurado nas paredes. Ali não tem pôster de nazista ou de torturador. O que vocês vão encontrar é uma sala comum, de uma família que era comum até um raio entrar pela chaminé na forma de uma criança que precisa de cuidado permanente.

10.

Já do outro lado o que vocês vão encontrar? Famílias que perderam parentes. Que acham que a morte dos parentes se deve a gente como eu. Que sabem da minha opção em dois mil e dezoito, e o que vocês querem que essas pessoas façam? Perdoem quem elas acham que matou tanta gente porque eu agora dou dinheiro para a causa delas?

11.

Eu vou dar o novo discurso, mas não é o discurso que o coro espera. A Dana sentirá essa diferença, a paz que o pai terá daqui para a frente por encerrar esse capítulo horrível, mas vocês sabem que paz é essa? Admitir que algumas coisas não podem mais ser como eram. Que alguns problemas não têm resposta ao meu alcance.

Eu vou terminar o novo discurso anunciando que o meu ciclo terminou. Eu vou me retirar da presidência do instituto, e não vou mais participar de nenhuma atividade comunitária. Não é uma questão de dinheiro, de covardia, pelo contrário. É coragem de olhar para o limite, ver o que dá para fazer no limite desse limite. No meu caso, é cuidar da minha filha preservando o que é importante para ela ser cuidada.

12.

O coro está satisfeito? Eu peço licença, então, para encerrar este passeio. A Dana vai me acompanhar até a saída do hospital. Fora daqui eu torço para que as coisas encontrem a solução que não consigo enxergar, em Israel, no Brasil, e ninguém vai ser contra isso. Vai que estou errado no fatalismo. Vai que algum judeu ouve o meu discurso de despedida, e resolve agir de um jeito que eu não sei qual é, usando recursos que não conheço num contexto que não é mais o meu.

13.

Vai que surja esse líder que vocês acham que poderia ser eu. Essa pessoa vocacionada, predestinada. Alguém mais jovem, mais convicto. Com uma experiência diferente da minha para dar como exemplo aos outros.
Eu não teria nada contra esse novo líder, só não consigo imaginar como ele seria. Eu não consigo imaginar a força dele para ser otimista, o grau de paciência que ele precisaria ter. Quantas vezes ele precisa olhar para si mesmo, como vocês dizem, voltar à história que viveu para entender aquilo que não é repetição nessa

história. Aquilo que é novo e não parece novo, porque não olhamos para o novo como deveríamos olhar. Olhar mais uma vez, e outra, e outra. Tantas vezes quanto o necessário, até entender o que os mortos e os vivos estão dizendo, e então recomeçar a luta.

1.

O futuro de uma ideia.
"Caros colegas, colaboradores e amigos."
Por exemplo, você de gravata.
"Eu vou começar falando de um nome."
Você em cima do palco. Um púlpito, um microfone à sua frente.
"Na verdade, é mais que um nome. Vocês sabem quem foi o grande herói do Velho Uri?"
Luz branca em cima de você. O auditório cheio. Tantos anos depois, o que foi dito naquela noite trouxe todos aqui. Você reconhece o lugar onde estamos, não? O salão de entrada de um hospital.

Agradecimentos

Além dos meus editores Emilio Fraia e Luiz Schwarcz, agradeço a quem leu versões anteriores deste livro e contribuiu com sugestões valiosas: André Conti, Caroline Andreis, Marcos Weiss Bliacheris e Maria Emilia Bender. Também a quem me deu informações sobre alguns dos temas tratados no enredo, que usei segundo as necessidades da ficção: Antônio Xerxenesky, Benjamin Serroussi, Carolina Fischinger e Débora Laub.

ESTA OBRA FOI COMPOSTA PELO ACQUA ESTÚDIO EM ELECTRA
E IMPRESSA EM OFSETE PELA GRÁFICA PAYM SOBRE PAPEL PÓLEN BOLD
DA SUZANO S.A. PARA A EDITORA SCHWARCZ EM FEVEREIRO DE 2024

A marca FSC® é a garantia de que a madeira utilizada na fabricação do papel deste livro provém de florestas que foram gerenciadas de maneira ambientalmente correta, socialmente justa e economicamente viável, além de outras fontes de origem controlada.